最怕想起你

万 亿　张佳羽　吴佳宁　宋和煦
陈凯玲　蔡飞飞　姜静哲　樊小颖 / 等著

图书在版编目（CIP）数据

最怕想起你 / 万亿等著.
—北京：中央编译出版社，2015.3
（校园文摘系列丛书 / 万亿主编）
ISBN 978-7-5117-2354-3

Ⅰ.①最… Ⅱ.①万… Ⅲ.①作文 – 中学 – 选集
Ⅳ.① H194.5

中国版本图书馆 CIP 数据核字（2014）第 234049 号

最怕想起你

出 版 人	刘明清
出版统筹	董　巍
责任编辑	邓永标
责任印制	尹　珺
出版发行	中央编译出版社
地　　址	北京市西城区车公庄大街乙 5 号鸿儒大厦 B 座（100044）
电　　话	（010）52612345（总编室）　　（010）52612371（编辑室）
	（010）52612316（发行部）　　（010）52612317（网络销售）
	（010）52612346（馆配部）　　（010）55626985（读者服务部）
传　　真	（010）66515838
经　　销	全国新华书店
印　　刷	北京威远印刷有限公司
开　　本	710 毫米 ×1000 毫米　1/16
字　　数	206 千字
印　　张	14
版　　次	2015 年 3 月第 1 版第 1 次印刷
定　　价	29.00 元

网　　址　www.cctphome.com　　　邮　箱　cctp@cctphome.com
新浪微博：@ 中央编译出版社　　　微　信　中央编译出版社（ID：cctphome）
淘宝店铺：中央编译出版社直销店（http://shop108367160.taobao.com）（010）52612349

本社常年法律顾问：北京市吴栾赵阎律师事务所律师　　闫军　梁勤
凡有印装质量问题，本社负责调换。电话：（010）55626985

▶ 繁星梦

最怕想起你（文／万亿）	002
笑面嘲笑（文／姜静哲）	012
走出冬天（文／李成龙）	014
老师背后的众生相（文／邱苏南）	017
你听，那欢声笑语（文／吴佳宁）	020
午后（文／陈盈颖）	022
当值日组长不容易（文／宋明洁）	024
不放手的友谊（文／王璐瑶）	027
体育器材室（文／郑倩倩）	029
流年，渲染成伤（文／曾含琳）	034
减肥链（文／邱苏南）	036
我是一粒小小的尘埃（文／郑倩倩）	039
黑板上的记忆（文／赵净）	041
暑假学棋乐（文／陈凯玲）	044
当童年离家出走（文／蔡飞飞）	047
我运动我快乐（文／陈凯玲）	049
碎碎念（文／郑倩倩）	052

那次，我懂得了团结合作（文/刘承志）……054

看电视不容易（文/王璐瑶）……056

伤不起的臭美妞（文/唐婷婷）……058

军歌"喊"着唱（文/马知行）……060

才艺party，我露了一手（文/刘翠宇）……063

一场精彩的辩论赛（文/彭雅欣）……065

▶ 青春驿站

水和油（文/张佳羽）……068

这些年，我们懵懂成长（文/蔡飞飞）……073

旧时光的恋爱（文/赵登怡）……075

记忆，你好吗？（文/凡晓）……077

预设的美好（文/黄晴熠）……080

角落里的鱼少年（文/沈倩）……082

渴望自由（文/佘洲）……085

黑夜陪我像游魂一样胡思乱想着平常的日子（文/张佳羽）……087

不能说的秘密（文/蔡飞飞）……089

520条短信（文/刘婕）……092

▶ 亲情树

夏天往南是火炉（文/万亿）……100

感谢您，放开我的手（文/任嘉宁）……107

这一刻，永恒（文/樊小颖）……109

元宵节里吃汤圆（文/朱佳文）……111

我的妈妈（文/燕炳琨）……114

等待爸爸回家（文/唐婷婷）……116

照片背后的故事（文/黄鑫晨） …………………… 118

不一样的妈妈（文/邱苏南） …………………… 120

真情生日（文/樊小颖） …………………………… 122

忆我的高中班主任——老周（文/赵登怡） …… 124

▶ 鬼马狂想曲

双生镜（文/宋和煦） …………………………… 130

不是秘密的秘密（文/姜静哲） ………………… 133

汪汪圆梦记（文/王峥） ………………………… 136

分不开的友谊（文/宋明洁） …………………… 139

当听觉离家出走（文/王璐瑶） ………………… 142

口头禅王国轶事（文/唐婷婷） ………………… 144

荒岛惊魂（文/姜静哲） ………………………… 147

能吃是祸（文/宋明洁） ………………………… 149

发丝的自述（文/邱苏南） ……………………… 152

七月流火 八月未央（文/吴涵彧） ……………… 155

写给超人的一封信（文/朱佳文） ……………… 159

眼族之反击（文/吴佳宁） ……………………… 161

半瓶水的自述（文/吴佳宁） …………………… 163

▶ 自然物语

瞧，这棵树！（文/刘丰源） …………………… 166

杯中窥菊（文/刘佳昱） ………………………… 168

桂花香（文/郑宇凡） …………………………… 170

枫叶礼赞（文/钟梦雅） ………………………… 172

教学楼外的大树（文/秦梦雨） ………………… 174

▶ **家乡素描**

回老家过年（文／唐宇佳） 178
过年的味道（文／周欣吾桐） 180
童年的杨树（文／吴丹） 182

▶ **读书沙龙**

我在北京大学的经历（文／蔡元培） 186
说话（文／朱自清） 194
书（文／朱湘） 197
新生活（文／胡适） 200
"儿时"课外学习（文／瞿秋白） 202
最苦与最乐（文／梁启超） 203
人生的真义（文／陈独秀） 205
跟着自己的兴趣走（文／胡适） 208

繁星梦

最怕想起你

文 / 万亿

原来这个世界上真有一种心酸是可以微笑的。

——题记

一

记得那年我13岁,个子不高,眉清目秀,穿着白衬衫,戴着红领带,站在同学中间,也算是棵葱茏的小树。

这是初一新生欢迎会上,我作为年级代表朗诵诗文。校方还特意安排了一个会弹钢琴的女生为我配乐。

那是我第一次见到你,扎着马尾,别着一只蝶形发卡,身穿一件白色长裙。在那一刻,我几乎是和全年级的人在同一时间知道你的名字:伊诺。

我虽然不太懂音乐,但我懂得此时的感受叫美好,我从未这样近距离地感受过美好。

我被你的惊艳深深地触动了,甚至好几次差点忘词。

演出结束,出于礼貌,你怀抱着鲜花,走到我身旁,拉起我的手向台下鞠躬。

在走下台的那一刻,你向我挥挥手,微笑着说:"小男生,再见。"

就在那一刻，我留意到你的心和眼睛一样的澄澈透明。

二

你没有跟我分在同一个班，平时，我也很少看到你。一次偶然在一档电视节目里看到你，你还是穿着那件白色长裙。扎着马尾辫。

在主持人的采访中我得知，你出生于音乐世家，5岁学钢琴，8岁登台演奏，今年春季你还在国际大赛中获得少年组冠军。

你说："我真心喜欢钢琴，弹琴时，才是最真实的自己。"

当主持人问到伊诺今后有什么打算时，你还说："我想去国外深造。"

看完节目，我心里突然有一种奇异而强烈的触动。

我的学习成绩还算优秀，父母开明，家境优渥，这已经让不少同龄人羡慕不已了。但是，学习是本分，我也学过奥数、画画、打球，但这些都是父母要求的。至于玩电脑游戏、打架、欺负女生，我也不是很热衷。

看到你这么成功，我忽然觉得自己太过于平庸，缺失了些什么。

晚上，我对爸妈说："我想学钢琴。"

他们感到很突然，用诧异的眼光盯着我看："你不会是认真的吧？"

"当然是认真的。"

为了证明我的决心，我特意把长着修长手指的手伸到他们面前。

"我觉得我有自身条件啊，当然是认真的。"

我之所以说是认真的，是因为伊诺弹得太美好，这样的美好一旦领略了就再也忘不掉。

至于我真的是不是弹钢琴的料，我也说不清，反正我当时确实是在被你的美好驱使着，幻想着为心中的那片空白涂上美丽的色彩。

三

父母应诺了我的要求,给我买了钢琴,还请了老师,每个周末留在家学琴,而且是充满热情感,从不偷懒从不敷衍。可是,好景不长,我的手指没有乐感,始终进入不了状态。

周日早上,我无心练琴,被爸妈赶出去跑步。

天空雾霭蒙蒙,路边树枝的新芽被露水濡湿,晨练人的脸不停地在身边闪过,但在雾霭茫茫中模糊难辨。

路过一家包子铺,包子铺生意火爆,门口排成了长队。突然眼前出现了一个穿着红色套衫,扎着马尾辫的身影清晰地出现在我的眼前。从侧脸看,我认定是你,特别是你头上那枚蝶形的发卡。

"嗨，小男生。"果然是你，你转过脸冲着我笑。

你还记得我。

我却紧张得说不出话。

我看了你一眼，也不知当时有没有对你点头回答，反正是心"咚咚"直跳，我没敢停留，拔腿就跑。

就这样，我在13岁的晨雾里奔跑，直到阳光穿透雾霭照射下来……

我自觉地加长了练琴时间，我想有一天让你看到我弹琴，让你听到我的琴声。

四

整个初中阶段,我和你碰过面的也仅仅只有屈指可数的几次。

有时候,我在远处看见你和几个女生有说有笑地从操场边走过;有时候,会在校门口碰见,你向我点头微笑。

终于,有一次放学,我在教室的窗口看你一个人朝图书馆走去,我冲动地跑下楼,抄近路突然出现在你面前。

你看见我,一副吃惊的样子,脸上照例是挂着淡淡的微笑。

"唉,小男生,是你啊。"

"我不叫小男生,我叫甫小磊。"我偷偷瞄了你一眼,却没敢抬头直视你。

该死的心脏又开始了不争气地"咚咚"直跳。

"初一新生欢迎会上我就知道你叫甫小磊,可是你个子没我高呀。"你一边说还一边抿着嘴唇笑。

"你去图书馆吗?"我终于压制住了心脏的狂跳,干巴巴地找了个话题。

"我去琴房,你呢,要去图书馆吗?"

我摇摇头。

"不如陪我去琴房吧。"你"咯咯"地笑着说。

还有这种好事?我强忍着喷发而出的兴奋,假装绅士般地点了点头。

你坐到钢琴前,弹起了在初一新生欢迎会上的曲子,我学琴之后才知道这首曲子的名字叫《风居住的街道》。这是日本新生代女钢琴家矶村由纪子与日本著名二胡演奏家坂下正夫合作的经典曲目。

我站在一旁静静地听你弹,看你弹,眼前的你是个很漂亮的女生,瓜子脸，眼睛特别大，长长的睫毛，弹琴的时候，你脑后的马尾随着音乐不停地摆动。

你抬起头看我，明亮的眼神深情款款。我心中一暖，同时又一阵惊慌。

我在心里胡思乱想：像你这样出众的女生，讨好你、迎合你的男生一定有很多，可是，不知为什么你对我却不卑不亢，自然而不做作，这让我对你的感觉有点特别。

弹完一曲，你站起身来，笑了笑，谦虚地说："这首曲我弹得不是很好。"

"好，好，比我弹的好N倍了。"

"你也会弹钢琴？什么时候学的？"你惊喜地问。

"嘿嘿，会……一点点。"我当然不会告诉你我学琴的原因。

你扬起微笑拉我坐到钢琴前，急不可待地说："来，弹一曲我听听。"

我无可奈何地坐下来，凭着记忆盲弹，由于太紧张，只弹对了音键，却怎么也找不到曲调的感觉。

曲终，你兴奋地拍了一下我的肩膀："不错不错。"

"还不错，我这水平跟你没法比。"这是我学琴以来第一次听到别人夸奖，每次只要我练琴，楼下的大爷就会来敲我家的门，说能不能把声音关小一点儿，他说他心脏不好。

我脸红了，不敢抬起头来看你。

五

中考前夕，父母找我长谈了一次，他们希望我放弃练琴，集中精力学习，争取考个重点高中。

我连想都没想就脱口而出："我要考音乐学院附中。"我记得你说过，你要考音乐学院附中。所以我想全心练琴，想朝着你的云端奔去。

我第一次和父母发生了争执。

父母的理由很充分："我们支持你学钢琴，是为了让你多点兴趣爱好，也好缓解一下学习上的压力，但并不是要你以此为人生奋斗的方向啊。"

"我就是要以此为人生奋斗的方向。"我心里装得满满的都是你弹琴时的美好。

"你还真把自己当作郎朗了，像他那样成功的钢琴家多少年才出一个，你根本就不是那块料。"父亲的声音提高了八度。

"我放弃考音乐学院附中，将来才会后悔呢。"我倔强地梗着脖子说。

"你太年轻，大概根本不懂，学钢琴的人那么多，有几个能成为钢琴家，艺术这条路太艰难曲折，很多人都潦倒落魄，根本走不下去，到那时，你怎么办？"

"你就让他去试试吧，如果能考上，说明咱儿子有实力。"这场争执最后以母亲的妥协告终。

此后一段时间，我发疯般地练琴。

6月，你和我相约，一起去考试。我如愿走进考场，却没有看到你的身影。

考试十分严苛，不仅要看现场发挥，还要看外形条件，音乐素养。我一边弹琴一边在四周寻找伊诺的身影，没有你，我像丢了魂似的，根本找不到乐感。

监考老师在台上不停地摇头。

第一关我就没通过。然而，我没有震惊、愤怒、失控，有的只是茫然、焦虑。

不知道为什么，你竟然没有出现在考场上。

六

那时候，我忽然发现自己喜欢上了你，是那种放在心里默默想念的喜欢，我相信，我对你的这种喜欢，和这个世界上所有喜欢你的人都不一样。好几天没有你的消息，我又不敢去打听，甚至就连你在哪个班级都不知道。

我去考音乐学院附中的事很快就在同学里传开了，有人开始用怪异的眼光看我。

"他没考上音乐学院附中就说明他不行呗。"

"还真以为自己是贝多芬、莫扎特转世啊。"

"即使考上了，弹出个贝多芬，也是山寨的。"

甚至还有比这更恶毒不堪的讥讽像冷箭般从四面八方向我射来。

我不止感到失落，更感到孤独无援，心灰意冷和茫然无措。

我开始后悔了。

我的中考分数离上重点高中录取分数相差甚远，只能在城区的一所普通高中就读。在很长一段时间里，我甚至放弃了练琴。

在一次毕业聚会上，有同学无意中说出了一个令我痛彻心扉的噩耗。

"喂，你们知道我们学校会弹钢琴的那个女生吗？"

"知道啊，三班的吧。"

"是啊，她出车祸了，成了植物人。"

"不可能！"我几乎是咆哮着冲过去抓住他的双肩，"你再说一遍……你再说一遍。"

那同学用劲地挣扎着说："我没瞎说，她就住在我妈上班的市医院。"

我突然像被五雷轰顶似的，呆呆地站在那里。

傍晚，我路过市里的青少年活动中心，门口的宣传栏里还张贴着你的大幅海报。

我还记得一个月前，你在这里举行过一场慈善募捐演奏会。当时我也是看见这张海报才走进去的，坐在角落里，你在舞台上光彩闪耀。你弹了一曲又一曲，琴声里饱含着你的一切，美丽，才华，善良。

我轻轻地抚摸着你的大幅海报，眼泪慢慢地从眼底流出。

我忽然懂了，我喜欢你。

这种来自心底的喜欢，是不是爱，我一时也说不清。

后来，我去过三次市医院，都没能见到你。是你的父母说你还在重症室，拒绝我去见你。

我再三说明了我是你的同学，第四次，我隔着重症室的玻璃窗看到了躺在病床上的你，你像睡美人一样安详，纯洁……

听医生说，你还要继续治疗，能不能醒过来还是个未知数。我在心里默默地想，无论你变成什么样子，你在我心里都是初见时的那样美好。

七

你的消息在喧嚣一阵之后，归于平静。

我后来又去过几次医院，但再未提要求见你，我懂得你正陷入厄运的沼泽，我只想离你近一点儿，默默地守候你，祝福你。

我没有好好地去念高中。每天拼命地练琴。

一年后，在钢琴老师的推荐下，我再次踏进了音乐学院附中的考场。

我这次弹奏了一曲伊诺以前最喜欢的《风居住的街道》。

《风居住的街道》原曲是有钢琴和二胡合奏的，曲调缠绵纠结，像两个永远不可能在一起的恋人。

　　当时，我满脑子都是你的影子。明明是和你近在咫尺，却如同相处在两个世界。

　　这首曲，我弹得十分悲摧，低沉。

　　曲毕，当我泪流满面起身鞠躬时，意外听到了热烈的掌声。

　　"通过。"

　　我被录取了！

　　在我16岁的春天里，我蓦然发现，当初是因为你的美好而学琴，而现在，我是希望你依旧美好而弹琴。我在爱上弹琴的同时，也爱上了伊诺。

　　我拿着录取通知书奔向医院，但却再也没能见到你。

　　医生说，因为心脏衰竭，你，永远离开了这个世界……

　　风居住的街道，
　　也一样居住在风中。
　　离去是一种无奈的割舍，
　　不追随跟离去一样令人唏嘘，
　　谁又知道街道的苦衷。
　　……

笑面嘲笑

文 / 姜静哲

"嘭!"门被老师狠狠地甩上了,教室里顿时暗了下来。只有我,孤零零的一个人。

回头想想也对,整个机器人操控队差不多二十个人,无一不是每个班里选出来的精英。如果当初不是我坚持入队,就不会陷入这番窘境。再说二十个人也只有四个女生,其她三位还都是中队长。唯独只有我,什么都不是,我只是一位傻傻地做着成功梦的普通女孩。琴棋书画我一窍不通,也没有一技之长,更不会卖乖讨老师的欢心。也许我天生就是被无视的对象,卑微得就如一根羽毛,不值得一提。

在这个空无一人的教室里,我至少还可以默默地流泪,没有人来关注我,没有人来嘲弄我,更没有人装好心来安慰我……

我只有假装着坚强对抗他们。我不能改变他们对我的态度,那我只有改变自己,自己的心态,自己的行为,自己的成绩,自己的一切……

训练时,他们在嬉笑着谈天说地,不时发出响彻教室的愉悦笑声。想必,他们又说到什么有趣的话题了吧。我心里直痒痒,很想加入他们,与他们一起天南海北聊个痛快。终于,我按捺不住,小心翼翼搬张凳子坐到了他们旁边。这时,老师来了,他板着一副凶神恶煞似的面孔:"你也不想想你是谁,他们是谁。他们玩,你也跟着他们一起胡闹吗?"虽然老师在批评我,但我却喜出望外。至少我知道,老师对我还是抱有很大期望的,他的心中有我!

老师的话像兴奋剂,从此以后,我就像打了鸡血似的,经常旁若无人地捧着个机器人独自在路线图旁研究,不时发出几声不自主的傻笑。几个男生看见我这样,嗤之以鼻,夸张地指着我大笑。我对这些一笑了之,因为"走自己的路,让别人说去吧"这句话早成了我的座右铭。我根本不把那些软刀子似的冷嘲热讽放在心上,它们都是浮云般的存在。

功夫不负有心人,我在省机器人比赛中获得了二等奖。也许这对别人来说算不了什么,但这是我奋斗史上的一块里程碑。它见证我战胜了嘲笑,战胜了自卑,战胜了自我……甚至战胜了更多!

走出冬天

文 / 李成龙

（一）

消瘦的阳光藏不住温暖，昂起的头颅距离太阳最远。

冰抑或水。零度，怎样的临界？

风在呜咽，彻骨的寒意降临。这个失恋的季节，心的温度是零下，哪个死心塌地的女孩又在哭泣？

炉火嘶吼，玻璃上的冰花从心底消融。

（二）

天气预报说，寒流即将过去。

天气预报又说，明天有小雪。

坐在炕上的奶奶说，今年的雪真多，她滑的哪也去不了。明天下雪吗？爷爷不在，她看不懂天气预报。

（三）

一只迷路的麻雀闯进了我的诗行，受惊的灵魂需要诗意的抚慰。我该责怪它，还是它该惧怕我？我的意象已经迷路。

坐在里屋的心比麻雀还要慌乱，放飞麻雀，也是放飞不完美的诗行。

窗外的阳光明媚，将我未完成的诗稿投进火炉，自由的文字纷飞，唯美的意象在零下的冷风中踽踽独行。

（四）

母亲的牛鞭挥舞，抽散清晨的雾霭，迎着山风行走在静谧的世界。

母亲。黄牛。我拉着破旧的架子车。吱吱呀呀的声音在山路上回响，崖娃娃也知道牛车和枯草一同老去。

那个老犁，像舅舅受伤的手臂，弯弯曲曲。我握着犁把，犁起一垄垄新生的土地，一颗颗种子在这里获得新生。

母亲说，这是一亩苞谷，那是一亩洋芋。南边的小麦种的有点稀，北面的地膜坏了。她的铁锹不会生锈，她的双手结满老茧。

母亲不会写字，母亲在黄土地捡拾生活的希望。犁在春天，汗水和种子一起生长。

时间的沙漏不停，母亲的黑发跟随苦涩的日子变白。

（五）

羊群。河塘。鸭子。惊飞的野鸡。

那个放羊的孩子不想读书，他的目光依旧澄澈，美好的梦想溢出眼眶。我惊诧于他的抉择，如同他惊诧于我的忧郁。羊群缓慢地向草滩移动，舔食碱土的羊羔已经掉队。

这个河塘属于一群不会流泪的鱼。青蛙不是这里的原住居民，这个外来的成员成为主角，侵占了整个黄昏。

我目睹了野性的回归，从喧闹到静谧，短暂又冗长！它们从哪里飞来，带给这个河塘诸多生机。我的目光不动，我的思维融入夕阳。野鸭子，属于山村野性的美精灵。

惊飞一只野鸡，另一只在河塘对岸焦急地呼唤。我只是想借出它五彩的尾巴，没有尾巴，我把背影缩进夜幕。

（六）

山顶桃花盛开，没有玫瑰，我牵着恋人的手抚摸三月。

与青草相伴，放飞四月的风筝。

老师背后的众生相

文 / 邱苏南

5分钟倒计时……

30秒……20秒……10秒……时间到！

又到周一中午老师例会时间，匆匆布置完"午间'悦'读"任务，老师前脚没走几分钟，教室里简直炸开了锅，完全沸腾了。同学们前后左右窜起了门，座位靠前的同学转过身和后面的同学讲话，身体一会儿转过来，一会儿转过去，屁股上就像抹了油似的停不下来。比起他们，有些同学相对较文明，他们埋着头，一边看书，一边闲聊，从地理聊到天文，从远古聊到未来，从虚拟聊到现实。这么热闹的场面怎么也没人管管，班长上哪儿了？班长刘佳昱正"与民同乐"，拉上好姐妹姜静哲组成"噪声二人组"巡回演出呢！大大小小的声音交杂在一起，可以说是"胜似知了下凡，赛过苍蝇转世"，一切简直可以和菜市场媲美了，菜市场吵闹的场面敢说第二，我们这儿就敢笑纳第一！

门突然开了，闪进来一个人影，同学们以0.00（此处省略100个0）1秒的速度变回一副副专心致志的样子，看书的看书，写字的写字。"哈哈哈哈哈……"那人一阵大笑，看他衣衫不整、浪荡不羁的模样，再听他贼贼的奸笑，分明就是真人版流氓兔和新一代济公的合体。原来是虚惊一场，不知谁"切"了一声，大家知道是调皮鬼沈康伟后，放下书又开始继续各忙各的。沈康伟大摇大摆地开始四处穿梭游荡，他摇头晃

脑,处处"求佛"。

"这本书借我看看吧?"

"有没有笔呀,借我一支吧!"

"我拿这本书跟你换怎么样?"

……

一声又一声哀求的声音在教室里此起彼伏,句句含泪,字字泣血,穿插于一浪高于一浪的笑闹声之间,让人有种恍若生活在两个世界的错觉。

转了一圈,众人皆自顾不暇表示"爱莫能助",沈康伟又粘回李帅柳的边上:"柳柳,借给我嘛,我以后不再烦你了……"这么一来,城门失火殃及池鱼,身为同桌的我可惨了。当他说话的时候,唾沫星子伴随着微风向我的课桌迎面扑来。我真为课桌感到惋惜,它本身都已经千疮百孔了,还得接受口水的洗礼,天理何在啊。它曾是一块栋梁,千挑万选地被选中来制作成课桌。现在,它已经是为学生默默服务多年的老臣了,也许过不了多久就将功成身退。但还要让它在这些口水的滋润下,再次发育,做回一棵树,生根、发芽、开花、结果,一棵树干两棵树的事,它容易吗它……

此时此刻,楼梯口响起了一串沉重的脚步声。

一切又恢复了平静。

你听，那欢声笑语

文 / 吴佳宁

"加油，加油"，这样的助威声此起彼伏地在耳边回响，我不禁又想起了今天的"校园游戏节"活动，心情仍难平静。

早晨，我们早早来到学校。同学们摩拳擦掌，相互之间练习着，我也不例外，但今天似乎是我的倒霉日。在陪其他同学练习拔河时，她手一松，我直挺挺地摔了下去。我一手撑地，可怜的手便遭了殃。霎时间，手上传来一阵剧痛，我差点就要哭出来了。可我打碎牙往肚子里咽，硬忍着没掉金豆豆，周围还有那么多人看着呢。本来还想去参加拔河的，看来是没戏了！我心里默默想着，又艰难地站了起来。

很快，在欢呼声中，我们迎来了盼望已久的游戏节。

首先比赛"背夹球"，为了让我的手不拖累大伙儿，我还特地为它做了个"全身按摩"。随后，哨声吹起，一个个运动员就飞一样向前奔去。就快要轮到我们了，我的心"咚咚"直跳，我不停地为自己加油鼓劲。"嘟——"听到哨声，我就和好朋友宋明洁一蹦一跳地向前跳去。突然，我的手隐隐作痛。糟糕，坚持不住了！不！要坚持住！就快要到终点了，不能半途而废！此刻，我心中只有一个字——"冲"！谢天谢地，我们顺利地走完了全程。此时，我的心里有着说不出的高兴。突然之间，我又觉得自己好伟大，带着伤还能跑得那么快，真是个奇迹！最后，我们"六一"班配合默契地完成了全程。"耶！"从我们班方队传来了阵阵欢呼声——我们赢得了冠军。

接着,又比了"两人三足",我们班每对伙伴齐心合力就像是一个人,大步流星战胜了二班和三班,也取得了胜利。

当然,最热火朝天的就要数"拔河"了。女生拔河时,每个同学都涨红脸,身体拼命地向后仰,使尽了吃奶的力气。功夫不负有心人,女生们当仁不让地荣获冠军。但是我班男生呢,简直就是"惨不忍睹"。他们一个个仰着头,拼尽全身力气,绳子却不停地往前进,连我都恨不得冲上去帮他们一把。最后也没敌过二班、三班那些人高马大的"大力士",连输四局,得了第三。说得好听是第三,说得难听点,不就是倒数第一嘛?唉,真遗憾!不过大家都尽力了,都积极参与了,享受过程才是最快乐的!

随着拔河比赛的结束,校园游戏节也落下了帷幕,但操场上仍留着我们的欢声笑语……

午 后

文 / 陈盈颖

午后,慵懒的阳光碎碎地洒在地上。我咬着嘴唇,思考着。

老师在讲台上有规律地踱着步子,红色的笔在纸上沙沙地写着。"还有谁要报名?"

我想着,犹豫着。这个比赛并不是我的强项,如果我没能获奖……

"没有人了吗?"

我决然地举起了手。尽管我的手有些颤抖,尽管我的手是那么的不自信,尽管我的手似乎一阵风就能吹下去……但是,那一刻,我战胜了自己!

一种莫名的兴奋,我顿时觉得春暖花开……

阳光有些刺眼,我用书本挡住脸。

那个午后,阳光也是那么碍眼,我默默地想。

五年级的一个面试比赛。十二点半。

阳光不热,却如利剑般射向大地。我有些睁不开眼。

候考室的空调呼呼地吹着,发出隆隆的声音。透明的窗,窗外一切安好。

我没有了勇气,想打退堂鼓:就这么走掉吧,反正我也得不了奖。气氛像在审问犯人。

我偷偷挪着,向门口渐渐地挪。

可是我那么多天的努力，就白费了吗？那么多天的准备，不就为了今天吗？

我犹豫了，停下脚步，思索。

老师突然喊了我的名字，让我进去考试。

鸟儿突然在窗外啁啾着。

在为我加油吗？我抬起头，望向窗外。坚定地走进考场。

打开门的那一刻，同样刺眼的阳光照进窗，只是，它们在欢迎我吧！

正回忆着，云遮住了阳光，天微暗了些，突然有热意袭来。

那个下午，我想着，也是微热，还有甜甜凉凉的冰棒。

大概在上幼儿园时，午后，我站在商店柜台前，手里拿着一个硬币和一个选中的冰棒，怯声声地叫了一声"阿姨……"

或许是声音太小，或许是声音嘈杂，或许是我太矮，还不及柜台高，阿姨忽视了我。

钱币被我握湿了，可我不敢再叫一声。

冰棒迅速融化，我看着心疼，不知如何好，微热的天，可我却已经大汗淋漓。

终于，我大叫了一声："售货员阿姨，我要买冰棒！"

那一刻，虽然还没有吃到冰棒，但心却已经像冰棒一样，甜甜的凉凉的。如一汪清泉，在夏日里，从心头淙淙流过……

三个不同的午后，我都战胜了自己，在有些微热、阳光刺眼的午后，我战胜了另一个怯弱的我。渐渐的，我记不清细节，只记得，三个午后，兴奋又坚定的感觉……

当值日组长不容易

文 / 宋明洁

我们班有个出了名的调皮蛋——樊凯宇。一刻也安静不了的他,不是和同学斗嘴,就是和别人吵架。最可悲的是——他是我的"手下"。

星期二我是值日组长,每次早上到校,我们都会提早十分钟。可他就是不听,像和我们唱对台戏。

那天早上,我早早地到校了,准备去打扫。一看五缺一,不用问,就知道是樊凯宇还没来。顾俊杰不耐烦了,嚷嚷道:"等什么等啊,每次都是他最后,还让我代扫,下次还这样,我可要罢工了。""走啦——,你再不走我也要罢工了。"陆张凤拉着我说道。"好好好。"我说着转头就走,大伙儿便浩浩荡荡地向包干区出发。

十分钟后打扫完,回到教室一看,樊凯宇正在和别人聊天,还聊得眉飞色舞不亦乐乎。我气得血压上升,脸涨得通红,简直快吐血。"我们在辛苦打扫,你却在这儿无所事事,还好几次迟到,以后每个星期都是你负责拿簸箕!"我气冲冲地说道。

"啊，不要啊，以后我早一点儿到就好了，不如我向你道歉？"见我还是不松口，他又使一招，"俗话说'事不过三'，我才两次你就罚我啦？"

"谁让你死不悔改？这是给你个教训，希望你下次长点记性。"

"哼，你说怎么样我就怎么样？"

"好，我吵不过你。反正我是组长，我说了算。你不听可以，要是跟秦老师说去……后果自负！"我气呼呼地走开了。

时光飞逝，转眼一星期又过去了。那天我带着四个组员去打扫，这次樊凯宇没缺席，我想他是被"秦老师"这三个字吓到了吧。可是他却江山易改本性难移，猴子本色暴露无遗。经过楼道时，其他班同学在朗朗读书，他头钻过窗子和几个"狐朋狗友"大声叫喊起来。我跑到了他前面，食指放在嘴前，对他"嘘"了一声。谁知他回了一句："这儿不是厕所，我看你走错路了吧。"我实在是忍无可忍了，便拿出我的"必杀技"："难道你不怕请秦老师吗？"一听见"秦老师"三个字，他吓得连忙求饶。所谓"山中无老虎，猴子称大王"，哪怕没见到老虎，但听见"老虎"的名字，他一定吓得闻风丧胆，哈哈。

当值日组长不容易，要管好那些小调皮蛋更不容易。

不放手的友谊

文 / 王璐瑶

  大手拉小手,那是母爱;小手拉小手,那是友谊。友谊,不只是外在的亲密,更是内在的互融。

  不知道什么时候才能等到那份无瑕纯真的友谊,懵懂的我开始寻找属于我的知心朋友——她。

  她个子小巧,我女中姚明;她体育白痴,我运动健将。记得那是在一节体育课上,她跑步龟速,两圈下来我快了她一圈。跟着她,感觉她的视线慢慢牵引着我的视线,我竟放慢了脚步。她不小心摔了一跤,出于情不自禁,我快步跑过去扶她。她抬头看了我一眼,对我笑了一笑,我也对她笑了笑,说:"没有摔疼吧!以后要小心一点儿。"她点了点头,对我投来感激的目光。回到队伍,我猛然感觉我似乎找到了我苦寻的那个……但我不肯定。

  属于你的就是属于你的,你看,课后她又主动出现在了我的眼前。我便与她一起坐下聊天,天南海北,真是相知恨晚。不知不觉中,她——樊小颖成了我的知己。从那以后,我们结为无话不谈、形影不离的好姐妹。

  我终于拥有了让人羡慕的友谊。那一次大雨瓢泼,我站在屋檐下正不知所措。突然从雨中闪来了一个身影,那身影如此熟悉,原来是她!娇小的她撑着比她还大的雨伞,冰冷的雨点时不时打在她溢汗通红的脸上,身上已然半湿,脚下水花四溅,可是她哪顾得了那么多,几个大步直朝我冲来。接过伞,彼此给对方温暖,并且感受到对方的温暖。我被她那能照亮世间任何阴影的灼热友谊感动,顿时,眼眶里那讨厌的液体开始轻易放肆,渐渐地,分不清是汗水、雨水还是泪水。

友谊是一片绿叶,它只是默默地奉献自己,为他人着想。正如亚里士多德所说的:真正的朋友是一个灵魂孕育在两个躯体里。只有为他人着想的朋友才是真正的朋友,只有时刻心系他人的友谊才是不放手的友谊。

小手拉小手,向前一起走。无论走到哪里,即使你在天涯,我在海角,都能感受到彼此。也许在毕业留念闪光灯"咔嚓"一闪的那一刻,我们就要短暂分开,但那不是结束,而是重新牵手的开始。小颖,你说是吗?

体育器材室

文 / 郑倩倩

盛夏的晚阳是一天之中最为温和的，没有刺眼的光晕和炙热的高温。操场是学校里为数不多可以闲逛放松的场所，和同桌在塑胶跑道上拉开长长的黑影背朝那边半掩进山头的太阳，八卦着七零八碎的不尽如人意的高中琐事。

"啊哈哈——"说到兴起十分，我顾不上什么形象一阵近乎癫狂的状态。"啊哈哈……啊哈哈……"

"你们两个怎么还在这里，操场到锁门的时间了。快出去，出去。"只见他挥挥手，示意我们赶紧出去。

我们学校的操场是和篮球场相连的，而篮球场又是可以由两扇铁丝门关上，每天到规定时间打开然后再关上。

他没有什么多余的情绪，但我们毕竟是被"赶"了出来，心里难免一阵不快。

我们从篮球场出来，他缓缓地拉过两扇铁丝门——"吱呀"。铁丝门有些重，最后关上的时候没有金属碰撞的响亮声音，只如此时低沉不语的他。

微微有些驼背的他不过一米六几的身高，瘦削的身子，黄皱的皮肤包着骨架子。圆框的眼镜，一只眼镜腿上缠着泛黄的胶布，略凹的眼眶在老花镜的放大下显得稍感突兀。他是学校体育器材室的管理员，七十的年龄总穿着件洗得发了黄的白衬衫和一条老式直筒的青裤子。

　　看着操场不再有人影之后他从里面将铁丝门用锁链锁了起来。暮色渐渐四合，学校里的路灯早早地亮起。去往教室的我回头瞥见他转身走向了主席台，他锁上了门。锁上门的操场似乎与外面隔绝成了两个地方，里面的风肆虐着吹乱了他半白的双鬓，而在操场外面的我们却丝毫感受不到风动。

那天体育课,我第一次去了学校的体育器材室。器材室里空间十分有限,除了摆放着一般的体育用具,还有几个铁笼子。那是用来装各种球的,斑驳的锈迹在唯一的白炽灯下无处遁形。我从铁笼子里拿出一个排球,潮湿的器材室连器材都是潮湿的。一面花型红底的镜子被钉在了墙上,镜子里的我仿佛蒙上了一层灰,不清不楚。

"哎,你拿好了没啊。快出来吧。"同桌站在器材室外面叫我,盛夏的背景是一幕刺眼的苍白。

"好了,好了。"我连忙走出去。

"小姑娘,记得下课把球还回来。"不知道为什么突然有种要热泪盈眶的感觉。

我好像漏说了点儿什么。

那盏灯不亮。

后来上体育课的次数多了,来体育器材室也成了家常便饭。有时候我们会主动和他说话,像是出于对他情不自禁的好奇。

有孩子吗。

今年多大。

老婆在哪儿。

怎么在这儿。

工资多少。

我好想知道,但绝不是因为八卦。可是我至今也没有问,不敢。总觉得会听到不想听到的回答,徒增悲哀。

记得他会对男生说:

小伙子,将来想考什么大学?

他顿顿,搔搔半白的头发。

要有出息才好啊。

男生们不好意思地硬着头皮点点头,在他满怀期盼的眼神里,学生从这所学校毕业了一届又一届,一个又一个三年。

我不知道他来这儿有多久。

我不知道为什么他会住在这样狭窄拥挤潮湿的角落里。夜一静下来,整个操场便只剩下风声雨声,他在操场的最深处与一堆不会说话的器材做伴。

篮球,求求你说说话,在寂寞深夜陪陪他。

球拍,求求你动动吧,在炎热盛夏为他扇扇凉。

撑杆，标枪，求求你们跳跳舞，在无聊空闲时替他解解闷儿。

他看到我们上体育课会很开心，笑起来那深深的沟壑令人屏住呼吸，似乎怕岁月沧桑得太快。

后来，学校新建的体育馆开始使用，里面很空旷，还有专门放置器材的干净明亮的房间。再后来，学校体育课改革，每个人可以自由选择体育项目，我便再也没有去过体育器材室。偶尔远远的看见操场的那边挂着一件白衬衫，有时候风一吹就掉在了地上。

学校的办事效率真是快极了，这都一年过去了，也没见体育器材搬来体育馆。这几天是开学的头几天，我换了体育项目去了羽毛球班。听原来的同学说要自带羽毛球拍，可是我却没准备，热心的同学把我带去了器材室说要帮我借羽毛球拍。体育器材室？我似乎很久没去了。

"借什么。"坐在里面的老师低头玩着手机说道。

"羽毛球拍……"我支支吾吾的。

"在这儿签个名，就可以拿了。"是个女老师，还是个爱玩手机的女老师。

借到了羽毛球拍，好像不是那么开心。

"怎么换人了……"

"早换了啊，"同学平淡地说着，"以前那个老头你还记着啊？"

"额……嗯……"原来早就换人了，有种说不出的愧疚。没什么别的原因，不过是他早早就被替换了而我现在才知道。

记得。我怎么会忘记呢，我还记得那狭窄的器材室里用两条长凳一块木板拼在一起简陋的床铺。

盛夏的器材室闷热，寒冷的器材室刺骨。

流年，渲染成伤

文 / 曾含琳

曾经，我们都只是一群很傻很天真的小孩子，不知道永远会有多远，什么都不想，只是一起疯疯癫癫的笑着，闹着，任日子一天天过去。当我们都已长大，才发现那段一起犯二的日子已再也回不来了，在我们唏嘘感叹时，花，早已开到荼靡……

楼下的妹妹，你还记得吗？在一个停电的日子里，拿着手电筒的我对在黑暗里迷茫的你微微一笑，从此以后我们就变得形影不离，经常在小区里一玩就是一天，爬假山，抓蝌蚪，过家家，这些在现在看来很幼稚的游戏当时的我们却百玩不厌，经常晚上八九点不回家就是为了把我们的"游戏"进行到底。在把自己玩成了一个泥球，被各自的家长"逮捕"回家清洗、责骂的时候还不忘约好明天再玩。

一定不记得了吧！那时我一年级，你才上幼儿园呢！

后来，由于各种各样的原因，我们有好几年没在一起玩，再次见面时，我已小学毕业，而你，也是一个准备从五年级升入六年级的学生了，我们的话题也从小区里的花草变成了老师，同学，作业……我们也不再满足于小区里的过家家，而是逛街，图书馆，森林公园……

时光早已流逝得无影无踪，而我们，也不再是小孩子。

小学时的死党们，你们还记得吗？早晨的"食品交易博览会"让我们都养成了早早到校的习惯，在彼此从书包里掏出奥利奥、巧克力、棒棒糖的时候猛地一下扑过去，在手上举得高高的，嘴里大喊着"这是我的"，但最终还是乖乖地放下，"资源共享"，在扫荡完毕之后拿起拖把和扫把打扫战场，在老师表扬"有的同学早晨来任劳任怨地打扫卫生"时十分有默契地捂嘴偷笑。

一定不记得了吧！平凡的事总是难以铭记。

有些时候在早自习时会不经意想到，你们会在哪里继续我们的"食品交易博览会"，属于我们的"食品交易博览会"又会在什么时候重新召开？

是来日？来月？来年？还是来生？

回忆很美，像一个冗长的梦，而时间不会怜悯我们对过去的怀念，它只会机械地，一天天、一年年地过去，我们能做的，就只是把那些美好藏在心里，在无人时翻出来静静回味。

夜深了，只有蟋蟀还不知疲倦地鸣叫着，我就这样静静地想，慢慢地写，那些曾经在阳光下闪耀的日子，那些已渗透到灵魂里的日子，最终渲染成了一纸淡淡的忧伤，浅长地压在心上，经久不散……

谢谢你们，曾经活跃在我生命中的人们，让我只要想起那些美丽的回忆就可以面带微笑。我会更加勇敢地面对风雨，因为有了那些事的温暖，所以我不会畏惧。

时钟的指针安静地走着，我就这样，看着世界在我眼前渐渐变的模糊……

减肥链

文 / 邱苏南

妈妈瓜子脸，丹凤眼，小巧的鼻子，匀称的身材，是我家公认的美女。

这几个星期，我总看到妈妈在镜子前转来转去，揉捏着身上的赘肉，柳眉紧皱。晚上吃饭时，一切看起来还和往常一样。妈妈突然把碗筷一放，一本正经地说要减肥。

"咳咳咳……"她说得太突然，我被呛到了。不只是我，爸爸也是一脸惊讶："减肥？你身材那么好，不需要减肥！"妈妈一口回绝："不，我已经决定了，谁也改变不了我！"

吃完晚饭，写了会儿作业，我准备休息去。不想妈妈拦住了我："走，陪我去跑步！"什么，跑步！妈妈你吃饱了撑的吗？刚吃完饭，没事跑什么步啊！我正想抗议，妈妈连拖带拽地将我扯到了小路上，拉着我的手跑起来。站在门口的爸爸，向我投来了同情的目光。哎，我不入地狱，谁入地狱？革命的道路是漫长的，我含泪忍辱负重吧。

也许是陪妈妈跑步带来的好运吧，她大发慈悲，任我在超市里扫荡。什么"百奇"啊、"格力高"啊……通通被我掠回了家。那个星期，我不愁吃，不愁喝，小日子过得滋润得很。

妈妈的减肥计划如火如荼地进行着，我也心不甘情不愿地卷进了此次的减肥旋涡。每天陪妈妈跑步，觉得好生无趣。母女连心，我肚子中的花花肠子,妈妈都知道,我都怀疑她前生是不是我肚子中的蛔虫。那天,妈妈回家时手中还多了一个呼啦圈。我随手拿起呼啦圈,套在腰间转了几下,还行。妈妈瞪大双眼看着我:"真人不露相嘛!""喂,有必要这么大惊小怪吗?"以后,我和妈妈就开始以转呼啦圈来代替跑步了。

爸爸的啤酒肚又圆又大,可他就是不运动。整天不是看书读报,就是上网打桌球。他还歪理一大堆:"看书身体好,游戏练头脑……"

为了说动他和我们一块儿转呼啦圈,我用尽了三十六计,什么苦肉计、激将计、连环计……爸爸就是岿然不动,我只好悻悻然地放弃。但爸爸在妈妈的半哄半骗半威胁下,终于动摇了,看来姜还是老的辣。只见爸爸扭动着他的肥腰,呼啦圈没转两下就掉了下来。爸爸一脸囧态,妈妈笑得前仰后合,我差点一口水喷他身上。

每晚在家和爸妈转呼啦圈,已成了我一日中必不可少的任务。这不,妈妈又在催我了。

我是一粒小小的尘埃

文 / 郑倩倩

天地间最微不足道的尘埃，偶然地，悄悄地落在女人的肚子上，便有了生命的开始。

我也是一粒尘埃偶然落定的结果。最初，我不知道我是什么，长什么样。但当我因为偶然开始的生命却沿着生命必然的过程逐渐成长时，我更加清楚地认识到我是天地间最微不足道的尘埃这一事实。

偶然。人们总是把它同"美好""意外"这样的字眼联系起来，换句话说"偶然"就是一次美丽的意外。听起来确实很美好，多少人憧憬着生活会给自己带来一次美丽的意外。然而，或许多数人都同我一样只是天地间一粒尘埃偶然落定而成，之后依着既定的生命发展的规律。所以注定了带着"偶然"这一美好的字眼过着对于世界来说最微不足道的生活。

自我有意识起，眼中所见的就不乏光鲜亮丽的主角。他们充满贵气与奢华的气息，那么耀眼。这是不是就是时间认为最美丽的偶然生物体？我总是要仰着头才能看清他们光彩夺人的面目，痴痴呆呆地幻想着有一天我也能戴着珠光宝气的皇冠，然后成为他们之中的一员。不！就算戴上皇冠我也只能痴痴呆呆地站在他们旁边，于是我就成了一个笑话。我的真身不过是一粒小小的尘埃罢了，没有傲人的身姿姣好的面容。这样卑微的身躯又怎么敢带上皇冠呢，又怎么能承其重呢？

我只不过是世间"偶然"中的一个小差错。

就这样怀着一粒尘埃该有的自卑穿梭于繁华人世，在这个拥挤的世界里无论是什么总会一遍又一遍地提醒着我——我不过是一粒偶然获得生命眷顾的尘埃。大概是这样，我比所有的人都清楚这一点。所以我有着超出常人的谦逊态度，当然也可以理解为极度的自卑。

我默默地在站牌边上候车。车从反方向驰来，像是人生中突然闯入的陌生人。我对他充满好奇却不敢靠近。一同候车的人争先恐后地挤上车。而我连挤上车的勇气都没有，我又怎么能挤得过他们呢？即便上了车，我又怎么能与其他人抢位置坐呢？

正午的阳光一如既往的烈，照得我浑身发烫。随意进了一家店门准备吃一顿可有可无的午饭，没什么讲究，一粒尘埃罢了，吃什么又讲究作何？点了餐，付了钱，举手投足都显得费力。服务员的态度也不是很好，没事，又不天天见，管他呢。连服务员钱找少了也懒得同他说，或许多给了钱我也懒得说，呵呵。又何必说什么呢，始终是一颗尘埃罢了，计较那么多有什么意义呢？

如你所见。这就是我，一粒小小的尘埃，一粒偶然被赋予生命的尘埃的悲哀。

黑板上的记忆

文 / 赵净

春去秋来，花开花落。时光荏苒，岁月如梭。唯有黑板上的记忆像记忆里的年轮，一刀一刀，深深地刻在骨子里，任谁也无法抹去，它就这样永远地保存在了我的脑海里。

记忆中，从上学开始，教室前总有一块墨绿的黑板，黑板上的记忆总是各种各样的，有老师的谆谆教导，有同学之间的争吵，也有求学的酸甜苦辣，但不管怎样，这些在我记忆中都是美好的，我永远忘不了那一次——

那是小学的最后一天，老师让我们几个同学组织一次毕业的班会。我和几个同学就开始办黑板报。我先在黑板中央用我最漂亮的字写下了"永远的六年级二班"这几个大字，当我缓缓写着"六年级的二班"的时候，想到这个即将离开的生活了六年的集体，我就心痛不已。六年级二班，说起来是那么亲切熟悉，可是也许在我们一哄而散的那一刹那，有些人，从此就真的永别了。想到这里，我忍住了泪水，继续写字。右边就留着空白，等同学们挨个上来写毕业留言。最后，我在周围画了另外几朵花，黑板报就大功告成了。我用手指在黑板上轻轻一划，穿越六年的时光，黑板上的记忆，在我眼前交融，汇合，分离，那些欢乐的笑声，难过的啜泣，统统如泡沫一样，化在六年的时间里，消失不见。

下午，同学们都完成了毕业的考试后，统统回到教室里。我看见同学们看到黑板上的那些字，都红了眼眶。班主任念起了她自己写的演讲稿，熟悉而温柔的声音在教室里贯穿着六年的时光，记忆着我们六年生活的点点滴滴。而不久，这也只能是记忆，再也没有机会重温了。终于，有的同学已经按捺不住自己的情绪，失声痛哭起来。而我，眼泪也终于夺眶而出。我看着同学们一个个走向讲台，那背影陪伴我六年，是那么熟悉、亲切，我看着他们在黑板上写下最真挚的祝福与不舍，或许在那时每个人的心里都有几份酸楚。也许在多年后，还是会有人忆起这些温馨的话语吧。最后，同学们轮流写完了。黑板上留下了同学们五颜六色、歪歪扭扭的字迹。老师用相机"咔嚓"一响，黑板上的记忆从此永远定格在那一刹那，永不改变的那一刹那。记忆，被完好无损地保存下来了。我望着这块墨绿色的黑板，它陪伴了我小学六年，还依稀记得，六年前，我第一次踏进这个班级，用稚嫩的字体在黑板上写下我的

名字,大声地做着自我介绍,还清楚地记得,考试前,语文老师在黑板上认真地写着语文考点,数学老师从黑板的左侧刷刷刷地写到了黑板的右边,满黑板的计算公式看得我头昏,英语老师在讲台上费力地讲着英语的句型和语法,而我,却心不在焉,在下面悄悄地讲话,传纸条。而如今,黑板上什么都没有了,只留下那白色刺眼的粉笔灰。六年时间,黑板从崭新到苍老,而此时此刻,我们就要离开它了。

终于,最不舍的还是发生了,同学们一哄而散。

于是,我们完成了小学六年的生活。

于是,我们毕业了。

阳光依旧那么美好,明晃晃的,照耀着每个人的心灵,恍若那时最后一抹的阳光。岁月在不知不觉中匆匆流过,冲刷着每个人的面容,但,黑板上的记忆,是我永生不变的记忆。

暑假学棋乐

文 / 陈凯玲

象棋风席卷我们班，课间看着同学们玩得不亦乐乎，我心里也痒痒。所以决定在暑假里学个一两招，开学后好在同学们面前显摆显摆。

村里有个比我小一年的小孩叫小柳，他棋艺不赖，在我的"威逼利诱"下成了我的师父。我这个徒弟当得可尽责了，成了他最准时的闹钟。每天早晨 6 点半，我就到他楼下喊他起床。

第一次跟他下棋我信心百倍。下象棋和打仗应该差不多，我这招"老将出马"用得不错吧。然而没几步就就被他将军了。他对我毫不留情，狠狠地教训了我一番。严师出高徒，我认了。有了这次经验，接下来几场总会好点吧，我总是这样的乐观。结果事与愿违，小柳见我棋艺有点长进，和我动起了真格。一天来了8局，我屡战屡败。最惨痛的一局是棋盘上除了两个"士"，其他的棋子都给他吃了，我当时羞愤得差点撞墙。

不过大家可别小看我，过了几天后，我从抑郁和气愤中走了出来，又变回打不死的小强。这天，我想好了应对之策，风风火火地来到了他家。我们摆好棋阵，他挑衅地说："你先还是我先。""你。"我不紧不慢地回答。

开战了，一分一秒过去，我趴在桌上闹起了小脾气："不玩了，你耍赖皮。""谁叫你跟着我，我走哪步，你也走哪步，走到最后结果把自己给转晕了。"小柳一脸看好戏的欠揍表情。很遗憾，这局棋我又输了。此时的我心情一落千丈，失败的技巧越来越纯熟，而成功的计谋却一窍不通。好在有时他也马失前蹄，让我瞎猫碰上死耗子赢了几局，我急吼吼地"出师"了。

几天后去外公家，他可是象棋老手，为了验证实力我就向外公发了战书。山外青山楼外楼，一山还比一山高，我刚走三步就被外公将军了。秒杀啊！我的如虹气势彻底被外公浇灭了，但不服输的心让我爬了起来。我和外公激战了18局，外公屡战屡胜，而我则节节败退。

最让我遗憾的是最后一局。最后关头就差两步，我的"炮"可以将外公的"帅"，可一时大意，忽略了他的"车"对我的"将"虎视眈眈。结果悲剧重演，我又以失败告终。这一局让我受益匪浅，可连败18局的我死要面子，丢给外公一句话："我只是拜错了师父，都怪我的师父把我这块美玉给琢坏了。"我左一句"师父"，右一句"师父"，把外公给弄迷糊了。但我也没给外公做解释，要是让外公知道了我的师父居然是比我小一岁的小屁孩，肯定笑掉他的大牙。

尽管我象棋学得半吊子水平，但却给我带来了无尽的快乐。这快乐不是从成功中弥漫出来，而是在一次次失败后的爬起中酝酿、发酵……

当童年离家出走

文 / 蔡飞飞

童年是什么味道？童年甜丝丝的，那是像糖果一般的回忆，可是……谁也料不到它也会离家出走。

烈日炎炎的双休日里，太阳像是要把大地烧裂了一般，释放出耀眼的阳光。寂静的小路上，总会有这么几只蝴蝶围着五彩缤纷的小花团团转着。我用手挡了挡阳光，向着好友施慧敏家走去。

"她在做作业呢！"施慧敏母亲的声音响起。唉，做作业！每次都那么多作业！我愤愤地想着，看着眼前飞舞的蝴蝶，情不自禁地想起了小时候的事：花丛里，我蹑手蹑脚地渐渐靠近一株小花，我的目光全放在了花朵上的蝴蝶，然后，我猛地一抓，接着小心翼翼地分开双手。"嘿！我抓到了！"我喜笑颜开地看着施慧敏，她不作声，只是把手指放在了嘴唇上，示意我不要发出声音，只好乖乖地闭上了嘴，她的双手慢慢地向蝴蝶靠近着，眼看就要触碰到蝴蝶的翼尖。那小小的蝴蝶像是有着打不死的小强精神，拼命地挣扎着，仿佛不服气这上天注定的命运。果真，它靠着那坚韧不拔的精神，从施慧敏夹住它的指缝中飞出，不过却飞得跌跌撞撞，看起来活不久。一个温暖的中午，我们开心地抓着蝴蝶，脸上洋溢着幸福的笑容。

"没有人知道为什么太阳总下到山的那一边，没有人能够告诉我山里面有没有住着神仙，多少的日子里总是一个人面对着天空发呆，就这么

好奇就这么幻想这么孤单的童年……"

童年真是无忧无虑啊,没有现在学习的压力。不过,我的童年的自由自在还是离家出走了。

现在的我们,不会像以前那样抓蝴蝶,更多的,反而是在一起写着各自作业,时不时聊两句,时间就这么过去了,我更希望我们能够像以前那样,春天采花,夏天捉蝴蝶,秋天摘枫叶,冬天堆雪人。不过,事实总是残酷的,施慧敏已经初一,为了成绩不下降,她需要无时无刻不孜孜不倦地学习,母亲的严厉使她很少有玩耍的时间,我们以前的一切幸福时光,在现在看来,那都是奢侈的。

阳光下,我呆呆地看着那几株小花,那几只蝴蝶,不肯离去,童年的开心时光,真的渐渐远离我了吗……它还是离家出走了。

我运动我快乐

文 / 陈凯玲

"加油加油!"下午汤小的操场上一阵阵加油声此起彼伏,响彻了整个天空。我校正举行一年一度的运动会。

一系列的项目比完后,"拔河"作为压轴好戏终于登场了。第一轮是我班男生和六(二)班男生比。我班的男生除了蔡赛耀,个个骨瘦如柴,细胳膊细腿。再看看六(二)班的男生,不说一个个力大无穷,可也算得上孔武有力,明眼人一看就知道我班必败无疑。可班上的男生却依然毫不泄气,比赛时竭尽全力。在全班女生的加油声中,即使是以失败告终,可输得问心无愧。

男生的失败不是没用的,激起了我们女生的好胜心。"六(一)班女生,六(二)班女生集合。"在裁判员的呼喊下,所有女生各就各位。裁判员还没吹哨子,两班女生就较起劲来。结果在各班老师的安抚下,女生们才平复了情绪,继续摩拳擦掌,为比赛做准备。"准备好!向下蹲!快蹲下来!"秦老师在一旁急切地喊着。我班女生抓紧绳子,一个挨着一个身子往后倾。

只听裁判员一声哨响,两班女生全力以赴拼搏着。我留意到身后王璐瑶脖子上的青筋都暴起来了。我以王璐瑶为表率,不顾淑女形象,手紧紧拽住绳子绝不撒手。绳子是草编的,很粗糙。上面的草都"基因突变",变得很硬,在不经意间刺到了我手心的肉里。而我却浑然不知,脸涨得通红。我拼命祈祷比赛快点结束,因为我快坚持不住了。

"老大加油,为小弟我报仇啊!"

这时一个声音传进了我的耳朵,原来是钱佳凯,在班上他认我做了老大。听了他这么一喊,我咬紧牙关心里暗想:小弟,等着老大帮你报仇,也让你瞧瞧什么叫头发长力量强!

"啊——"我班女生一阵长吼,一鼓作气将绳子拉了过来。裁判员猛地吹了声口哨,我们班赢了!听到裁判的宣布,我们班女生喘着气,脸上都流露出骄傲的神情。而六(二)班女生也不赖,即使输了也不肯松手。等我们班女生一松开手上的绳子,她们的屁股就与大地妈妈来了个大大的kiss。

我瘫痪地趴在床上,回忆着昨天的事儿,情不自禁"噗哧"笑出声来。可这轻轻一笑就让我全身酸痛,像散了架似的。救命啊!

碎碎念

文 / 郑倩倩

当所有人都以为我这一路走得一帆风顺时，我知道我的悲哀已经来临。

兴尽悲来，缘起情深。有人说，上天给你关上了一扇门，定会为你重新开启一扇窗。如，史铁生。他在他最狂妄的年龄忽地残废了双腿，却在多年后的文学之路上畅通无阻，无往不到。还有的人天生存在外交缺陷，但是上天赋予了她（他）丰富的内心，让她（他）用或温柔或粗犷的笔触书写着人世间的繁花四月，成为世间最美的史官。上天对他们最大的眷顾就是让他们爱上了写作，并且注定了一生与之相伴。

而我，冥冥之中与写作相捆绑。我不知道上天让我爱上写作有何意义，有着满腹言语想要写出惊天动地却又无奈于可用笔墨寥寥无几。这对于我来说是极大的痛苦，苦于我所想而得不到释放。

写作，似乎只有高雅情操的文人墨客才能驾驭。一桌一椅，一纸一笔，微风静谧。在所有人看来这样的情景不合于我活泼好动的性格，可是又有谁能了解得透彻，这就是我所向往的情景。静心才能放纵手中的一支笔在白纸上肆意妄为，无论怎样都是杰作。

或许两年前义无反顾地选择加入金鳌，会成为我对将来义无反顾的勇气。我一向认为我的世界充满着悲剧，可金鳌是我人生悲剧中唯一能带来希望的落脚点。在这里我获得了前所未有的荣誉，我得到了老师的鼎力相助。一步一步，一步一步。我走到了所有人的前面，似乎每一步都走得轻轻松松，每一步所获得的荣誉都成为了理所当然。

当老师欣于我的快速进步时，我竟没有丝毫成就感。因为我知道，今天我所有过的荣誉都是他所赋予的。没有他的倾囊相助我便与茫茫人海中的沙粒一般，风将我带到何处我便在何处停歇，没有人会注意到小小的我。

当有人羡慕我简介上的轻微荣誉时，我开始变得更加惶恐，开始变得更加患得患失。面对别人的赞许和批评，我只是笑笑。有人以为我谦虚，有人以为我自傲。殊不知我笑的多么尴尬，谁又会懂得我的担惊受怕。

每一次比赛时冰冷的手僵硬地难以写字，我害怕万一失利别人要怎么看待这所谓老师的重点培养对象。我是这届金鳌的代表，我害怕我的一步错会影响到我之前所有的获得。说到底，一切恐惧的源头皆来自于我不够优秀。

我总是担心着被我的光芒所掩盖着的人有一天超越我，将我狠狠地甩在后面。我担心失败，担心着光辉的光环一下子灰暗。尽管我知道胜负乃兵家常事，尽管我知道比我优秀的人比比皆是。可是我仍然处于惶恐的状态，害怕着失去，害怕着又会一无所有。

那次，我懂得了团结合作

文 / 刘承志

在生活中，处处都需要团结，处处需要协作。

前两天上课时，班主任老师拿了一叠纸杯走进教室，让我们做一个游戏。

游戏规则是用五人组成一个团队，先由若干同学两个一组去讲台上拿30个纸杯，但是去拿杯子的一个小组同学在往回走的时候，两个人都只能各伸出一根手指来保持杯子的平衡，而且每次只能运一个。剩下的同学则负责把拿到的所有纸杯叠成宝塔形。在规定时间内，叠得最高的一组获胜。如果杯子在运送过程中掉了下来，就得返回讲台重来。

一听游戏规则，我就不由得吐了吐舌头：这可是很有难度的，因为用两只手指搭成的"一线天"很不好平衡，搬运过程中纸杯很容易掉到地上。不仅如此，用纸杯搭成的"宝塔"也非常不稳固，一不小心就会让之前辛辛苦苦打造出来的"底基"付之东流！为了获得游戏的胜利，我们小组几个同学立即开始商量对策。经过一分钟的激烈讨论，最终决定让我和邓超及另两人去运纸杯，黎书恒负责搭建。

老师一声令下，一堆人就忙跑上去拿纸杯了。我和邓超也手忙脚乱地跑到讲台跟前，拿起一个纸杯，放在"一线天"上。可那杯子好像跟我俩作对似的，怎么放都"站"不稳。无奈之下，我俩只好都用手指顶着杯底，各自往自己身边抠，这样才晃晃悠悠地成功将一只纸杯运送到了"施工"现场。

当看到我们组的其他两个运杯子的同学配合得不好，纸杯老是掉下来时，我连忙跑过去告诉他们："运纸杯的时候一定要团结，不然你们是无法运送到纸杯的。"一边说，一边轻声告诉他俩刚才我们总结出来的办法。

在我的指导下，他们也终于能成功地把纸杯运送到"施工"现场了。而其他组呢，有的还在争论谁运杯子谁搭建，有的则在运送过程中各显各的本事，结果杯子老是运不到目的地……

"运粮队"跑了起来，"施工队"又出了问题。我们搭的塔不是被慌乱中运送的纸杯碰倒，就是宝塔自身平衡控制不好，自己塌了。看到刚搭起来的塔又给队友一不小心用胳膊肘给碰塌了，我和邓超及另两人赶紧上前去帮忙。可结果却越帮越忙，情况不但未好转，反而还越来越差。

抬头看看其他组，情况也都差不多，也是丑态百出。几分钟下来，我们都急得满头大汗。"怎么办呢？"眼睁睁地看着时间一分一秒地过去我们却毫无办法。就在这千钧一发的时刻，我猛然想起了自己最信赖的那一个词：团结。对！团结！要赢这个游戏就一定要团结！我喜滋滋地把这个方法告诉了我的同伴，可他们竟异口同声的质疑："这方法管用吗？"我既说服不了他们，也无法向他们验证我的方法管用，只能看着他们一次又一次的失败……

眼看游戏马上就要进入倒计时了，队员们也察觉到再这样僵持下去也不是办法，只好死马当活马医，按我的办法动起手来：手工不好的拿纸杯，手工好的搭纸杯，在大家将最后的一个纸杯叠到塔尖上去时，老师喊的一个"停"字就钻进了我的耳朵。更没有想到的是，我们这个团结的队伍竟取得了最后的胜利！

"团结力量大"！那次游戏让我再一次加深了对句话的理解。

看电视不容易

文 / 王璐瑶

星期天本是属于我们狂欢的日子，可我就连看个电视也要使出浑身解数。

"耶！终于星期六了！终于可以看上电视喽！"妈妈正在埋头干活，似乎没有听见。不，准确地来说，是故意装作听不见的。那我就只好使出我的苦肉计啦，我故意放高声音："哎呀！这手今天真是有点酸，我看写字是使不上劲了吧，先看会儿电视去喽。"说完，便一溜烟跑了。

上楼后乐不可支地打开电视机，屏幕上却显示没有信号。顿时，空气似乎凝结了。这一刻，难道老天也不同意让我看电视吗？我失落地走下楼，妈妈似乎知道我是猴子捞月——一场空，便故意奚落我："怎么啦？这么自觉，下来做作业了啊！"我结结巴巴地说："是……是啊，那还用说？"万般无奈之下，我只好拿起了作业本。

没过多久，我便按捺不住心痒痒，准备偷偷溜上楼。不巧被妈妈逮了个正着，看来这下子是兵遇到秀才，没理更说不清了。机灵的我随机应变："这个……那个……哦，想起来了，我有样东西落在楼上！"妈妈拍着我的肩膀说："放松，放松，别紧张，我还没有说你，就心虚成一副贼样。"真是知女莫如妈啊！但我说什么也不能轻言放弃，一场斗智斗勇但没有硝烟的战争如火如荼地展开了！

一计不成，我再生一计。我先乖巧地对妈妈说："我去楼上做作业，下面太吵了。"妈妈点点头，表示同意。虽然我心里像是有几百只小兔子一样惴惴不安，但为了电视我要镇定。来到电视机前，打开电视机，哪里还顾得上作业啊！我美滋滋地看着电视，心里有说不出的高兴，心想：真是皇天不负有心人，我为了看电视费尽心思也算值了。

时间一分一秒地过去了，可我却一个字作业也没写。当我看到最精彩的部分，电视机突然就自动关了。不用问，肯定是妈妈干的好事。到楼下一看，果真是她把电源切断了。

哎，看电视真是不容易！

伤不起的臭美妞

文 / 唐婷婷

"你看,我漂亮吗?"这句话是妹妹问过我无数遍的问题,我听得耳朵没出老茧已是万幸了。

这天,我正在埋头苦干,写着作业。突然,耳边又传来一句熟悉的话:"姐姐,你看,我漂亮吗?"我低着头,用眼睛瞄了瞄,漫不经心地回了句:"漂亮,当然漂亮了。"这下,妹妹有些生气了,跺着脚说:"姐姐,你仔细看看嘛!"我侧耳听了听妹妹的跺脚声,"嘭嘭嘭",好像是高跟鞋的声音。

我放下笔,站了起来,围着妹妹转,从上看到下,从下看到上。正常人被我这么盯着老早就发毛了,可妹妹竟然美滋滋地摆起了各种Pose,真是给点颜色就开染坊啊!

我喝了口茶,才勉强平定下情绪,但仍忍不住拍案叫"绝":"我亲爱的妹妹啊,你这是刚从阎王爷那儿跑出来的吧。瞧你,这身姿,这装扮,准是阎王爷的孙女!"说这句话,太昧良心了。我心里默默地想:阎王爷啊,您不要找我算账啊!您的孙女绝对是人见人爱、花见花开、车见车爆胎的如花似玉大美女,绝对不像我妹妹那样——脸抹得惨白像您的臣子,嘴涂得血红像刚喝了鸡血,头发喷得极其"有型"像钢针,衣服穿得像参加丐帮时装秀一样。我妹妹才不够资格跟您孙女比,请您大人不记小人过,饶了我这一次吧……

还没等我想完，妹妹就拖着高跟鞋踢拖踢拖地跑到房间去了。

过了好一会儿，足足得有一个小时，她披头散发，涂着口红和眼影，染着睫毛膏，穿着足有10厘米高的高跟鞋，还戴着耳环、项链、戒指，扭着出来了。我看到这位惊动天地吓哭鬼神的小"美人"，心脏一时停止了跳动，呆住了。

妹妹又开始嘻皮笑脸地问："姐姐，你看，我漂亮吗？肯定比甄嬛还漂亮吧！"

天啊，我的眼睛！天啊，我的耳朵！天啊，我的小心脏！老天啊，你怎么能这么对我呢？我摇了摇头，一脸正色说："妹妹，你穿得真不怎么地，我来帮你打扮吧！"说着，我帮妹妹把妆卸下来，给她换上了平底鞋，把戒指、耳环、项链什么的通通都给摘了下来。我端详着眼前清汤挂面的清秀妹妹，觉得自己好有成就感。可谁知妹妹却一脸鄙视地抗议："姐，你的眼光逊毙了，太老土了！"

哎，这就是我家那让我又好气又好笑的臭美妞，伤不起啊伤不起。

军歌"喊"着唱

文 / 马知行

2014年9月9日至9月13日,我在深圳市警备区预备役防化团,参加了为期五天的军训,教官们"雄浑"的歌声给我留下了深刻印象。原本一首非常普通的歌曲,在绿色军营里,却被教官们通过"喊"的方式,演绎得淋漓尽致。

教歌

小学军训时,教官会在饭前教我们唱一支歌。我学会了《团结就是力量》和《过得硬的连队》两首歌。这次军训的第一天,教官把我们带到操场上,进行了一些例行训练后,便开始教我们唱歌。

听见歌名后,我暗暗自喜——是四年级军训学过的《团结就是力量》。"团结就是力量,团结就是力量,这力量是铁,这力量是钢……"教官开始"手把手"地教我们。

我们的教官,嗓子有些沙哑,他一句一句地教唱,我们一句一句地学着。这场景,与音乐老师教我们唱歌时有几分相似,但真正对比起来,教官和老师的教法却大相径庭。

音乐老师大多是先教曲谱,让同学们记住歌曲旋律再教歌词,这种教学方法使同学们对歌曲的印象更加深刻。教官教歌截然不同,他们的教学方法"干脆利落"——直接教歌词,而且不讲究歌唱技巧,让人感觉到不像在唱歌,而是用叫口令的嗓子在"喊"歌。

唱歌

在军训基地,几乎处处能听见同学们和教官的歌声。

看电影前,同学们必须要将声音放到最大,直到歌声足以在空中回荡五秒,才允许打开电影机器。为了梦寐以求的电影活动能够如期进行,我们几乎把自己的嗓子"喊"哑,把所有的力气耗尽。

队列行进中,同学们要把嗓子打开,"喊"出气势,才能让教官满意。这也是评比"优秀连队"的一个重要的方面——"优秀连队"最后是由总教官裁定的,哪个连队歌"喊"得声音最大,就能给总教官留下最好的印象,给自己的连队创造获得"优秀连队"的机会。

"饭前一支歌",大家要把歌"喊"得"震耳欲聋",才能进入饭堂吃饭。有时我们"喊"的歌没有让教官满意,那就遭殃了——不但饭不能吃,还要接受"惩罚":蹲下起立。但那时我们经过训练后能量流失的太多,没有多少力气来维持歌声;而且同学们早就肚子饿了,一直在想着吃什么,心不在焉,所以多数时候我们的歌声都有气无力,教官考虑到我们没有吃饭,要求我们唱的军歌都很短,让我们"任务"的难度大大下降,可见,教官们还是很体谅我们的。

拉歌

至今,我的喉咙还沙哑着,这是联欢晚会上,一营教官和二营教官展开"拉歌战"时留下的"后遗症"。

"拉歌"是军人的"专利",是一种军人的娱乐方式,也是军营一道特有的"风景线"。拉歌评定输赢的方法很简单，但往往不在于你的歌是否"跑调"，而是你的声音能不能"盖"住对方的声音。"拉歌"实际上是在"吼歌"，谁的吼声大谁便是赢家；"拉歌"不仅要看声音谁压过谁，还要经常推陈出新，尽管大家常常跑调，但只要能"拉"出别人不会的歌，也能将对方一举拿下。

我们二营的教官教了大家几句"拉歌秘诀"：只要教官喊出数字，我们就根据数字的读音"吼"出一句与数字读音"相似"的句子，这样对方一定想不到如何"盖"过我们！比如："24678！"教官喊道，"没有节目就回家！"我们吼道；教官喊："12345！""我们等得好辛苦！"我们应声吼道："1234567！""我们等得好着急！"看着一营手忙脚乱的样子，我们都乐得哈哈大笑。

我想，军人也许最擅长的不是写文章，不是教唱歌，但是，"喊"是军人的独特风格，训练时"喊"，杀敌时"喊"，就算是唱一支军歌，也要努力地"喊"，喊出了魄力，喊出了威风。这，就是令我敬佩，令我羡慕，令我崇拜的军人。

才艺party，我露了一手

文 / 刘翠宇

星期一，我格外高兴，因为我们班举行了一年一度的才艺party，而且在party上我还露了一手。

那天午饭刚过，大家就早早地来到教室忙碌起来，摆桌子的摆桌子，吹气球的吹气球，弄彩带的弄彩带……大家忙得不亦乐乎，可没有哪个抱怨过累。

教室布置好后，下午上课铃声也就差不多响了。铃声一响，才艺party就开始了。第一个上演的节目是谢睿他们演的小品《小鬼子进村》。谢睿演的是汉奸，只见他戴着一副圆形眼镜，手拿一把黑扇，鼻子下还粘着一团黑黑的胡子。谢睿一出场就把大家全逗乐了。可我却没有心思看他们表演，因为我很紧张，一直在为自己的五人合唱组什么时候上场，能不能唱好在纠结。

不知过了多少个节目，就在我内心忐忑不安，既急又盼也怕地纠结等待时，只听主持人用清脆的嗓音报幕："有请'随风奔跑'组合，大家欢迎！"我愣了愣：怎么这么快就轮到我们了，怎么办啊？赵明轩看出了我的心思，向我眨了眨眼，意思是叫我不要紧张。

"既来之，则安之。越怕越出鬼，不管了，说不定豁出去还能取得意想不到的成功呢！"想到这，我和其他四人满是自信地大步走向舞台。在五人站成一排后，我"勇敢"地向前跨了一步，"速度七十迈，心情是自由自在……"开始领唱起来。

　　刚开始，由于还有一点紧张心理在作怪，我有点没有跟上节奏。一发现自己没跟上节奏，我既怕又急，心里暗暗对自己说："加油，要努力跟上节奏，不能拖大家的后腿！"在自己的努力之下，我的声音渐渐跟上了节奏，慢慢地进入了状态。听到同学们和老师为我们鼓掌，我的信心增强了许多。紧张的情绪也随着流畅的音乐一扫而空，我越唱越自然了，越唱越有"范"。看到老师赞许的目光，听到同学的喝彩，此时我仿佛来到了一个超级大舞台，自己就是舞台中心，下面有成千上万的观众在欢呼，在鼓掌——那感觉超好！

　　我唱完之后，董晓飞和赵明轩不约而同地上前一步，不甘示弱继续接着唱。看到他们那么努力，看到他们唱得那么好，更加坚定了我把剩下部分唱好的决心。他们一唱完，我立刻接上节奏，轻轻松松地把后面的内容顺利地唱完了，又赢得了一阵欢呼和掌声……

　　接下去的节目演的是什么，我没有注意看，因为我整个人始终沉浸在极度亢奋中，始终为自己在才艺 Party 上所露的那手感到无比骄傲与自豪！

一场精彩的辩论赛

文 / 彭雅欣

星期五的上午,我们班进行了一场激烈的辩论赛。

这场辩论赛的主题是"看电视对我们有益还是无益"。正方由班长汤思琪、魏文睿、温翠英和我四个女生组成,反方则由席志文、严伟、邝鹏飞、谢青山四个男生组成。早在开赛前,我们就暗下决心:非打败男生不可!

"开始!"随着主持人覃梦娟一声令下,我们八位辩手迅速地登上"辩位"——其实就是课桌。一进入"辩位",正反方就用眼神向对方示威较劲:眼睛一下睁大,一下眯起,一下眼睛眉毛上下动,都一副势在必得的样子。

"请正方一辩陈词!"覃梦娟话音一落,身为我方一辩的温翠英发话了:"我方认为利大于弊。因为看电视能让我们看到课堂以外的世界,增长见识,还可以从电视上了解别人的学习方法,这些对我们的学习是非常有帮助的,所以我方认为利大于弊。"

温翠英的话刚说完,反方一辩席志文便像兔子似的猛地跳了起来:"我方认为弊大于利。难道一定要看电视吗,看报看书不行吗?更重要的是看电视会伤害眼睛,要知道,眼睛可是心灵的窗户啊!所以,我方认为看电视弊大于利。"

听到席志文的"意味深长"的那番话,想到就要轮到身为二辩的自己反驳了，我心砰砰直跳，生怕自己因结巴而砸了台——在生活中，我一紧张就结巴。但好胜心和荣誉感让我不顾一切，等席志文说完，我站起来居然一点也不结巴地大声说："反方辩友你好，看书看报是很好，但很慢，不如电视有画面速度又快，可以节省很多时间还更轻松，所以我方坚决认为看电视好。另外我想请问反方辩友，你们难道没有看过电视吗？如果你们看过，是不是看完后眼睛就变坏了呢？如果没有，你们怎么知道看电视对我们无利？"

我的步步紧逼让原本以为我会因为怯场而结巴，等着看笑话的对方二辩措手不及，一时蒙了，居然脑筋短路，一时不知道该说什么才好。看到对手哑口无言，连老师也佩服得笑了起来。

"彭雅欣太牛了，这也想得出来……""彭雅欣太厉害了，看电视就是好！"听到同学们的称赞声，我又羞又喜地坐了下来，因为这都是我从网络上"搬"来的。同学们称赞声刚落，反方三辩很快接过话来，邝鹏飞说："看电视会造成近视是肯定的，罗浩东就是典范，对方辩友彭雅欣，你也是。"我生气了，这分明是取笑我！看我上课戴眼镜看黑板，找到借口啦？本想饶他一回，可天堂有路他不走，地狱无门偏进来，我毫不客气地说："对方辩友，我没说我是看电视看出近视来的，我觉得你有捏造事实之嫌。""对！"在同学们的叫喊声中，他无话可说，低下头，好像一个受了委屈的媳妇似的撅起嘴，不心甘地坐回了他的凳子！

经过一场艰苦卓绝的"口水战"，双方都弹尽粮绝。最后，桂冠给了我们正方，因为我们不但把对方的辩手"请"回了座，还把他们"打"得屁滚尿流——真是一场精彩的辩论赛！

水和油

文 / 张佳羽

色蚕喊:"瓜妲加油!"

湿衰就补一句:"瓜妲加水!"

色蚕脸憋得猪牛肉干似的:"你什么意思?故意和我作对。"

湿衰拨开他的纠缠:"你肩膀上扛的,那是沙漏还是法拉利呀?油多贵呀,天天加,你加得起吗你!水多方便,廉价,到处都有,你尽管加!"

瓜妲见他们二人又争吵,叹一口气:"真是簸箕虫找石缝,分不开,见不得,一个嫌一个乱拱,一个嫌一个挤兑。愁死了,难舍难分。"

色蚕和湿衰看到瓜妲一脸解放前的样子,就纷纷闭嘴。他们知道,等着他们的,一定是一场霜。

"还铿锵三人行呢,就这样铿锵呀,你们是男人呀是麻雀呀,唧唧喳喳,唧唧喳喳,有完没完?烦都烦死了。"瓜妲果然如其所愿,左右开弓,教训起他们。

色蚕打一巴掌自己嘴巴:"谁让你管不住自己,惹祸。也不看看对手是谁,犯得着在他面前显露吗?"这一掌,明显是做给某些人看的,动作很夸张,落地很轻,话中带刺,连脱皮带扫毛。

湿衰咂巴咂巴嘴,接上话:"干脆直接打我得啦,用得着掩饰吗?虚伪。你那颗门牙前凸后翘的,一巴掌没扇稳,还不从嘴唇上挂下几两红丝肉来！你是打算清炒呀还是生炖呀？电影《新龙门客栈》里有卖人肉包子的，没尝过，你恩赐一回，来个现实版的，我和瓜姐不胜感激。"

这一番调侃，戳到了色蚕痛处。他左边那颗门牙，生来就是捣蛋坯子，转了个90度的弯长出来，像一道梁，把上嘴皮子高高地撑起来。色蚕时常不经意地一碰，那道梁残酷地将嘴皮子分割得血肉模糊。

你湿衰什么东西，敢揭我的短处，如此这般地嘲笑我。色蚕一跳一跳地讨要尊严，瓜姐挡都挡不住。

湿衰将瓜姐揽在自己身后，自己挺在前面，拍拍胸："来，朝这里，一锤头两拳，任你选。可吃挂面调盐——有言在先，你闹够了，以前的事一笔勾销，别在瓜姐面前臭显摆。"

色蚕怒怒的："你以为我不敢打！是你叫我打的，不打白不打。"他跐着步，正好停顿在湿衰前面。"你欺负人到家了，吃我几拳，也难解我心头之气。"

瓜姐的头忽地从湿衰肩膀头闪出来："难以解气，打有何用？"

色蚕碰到瓜姐眼睛射过来的一柱光，心提了提，有些木讷地干咳两声："太阳有时也会从偏南方向出来。我想我也可以改变主意。"

湿衰得理不让人："记住哦，我给了你机会，你主动放弃，莫怪圣人放屁。"

瓜姐猛地推了湿衰一把："你不是让大家多加水吗？你火上浇那么多油干吗？"

湿衰右手反勾回去，晃晃悠悠地指着自己嘴巴："我啊？"

色蚕看不惯，一瞥眼："狗嘴里吐不出象牙。"

湿衰感觉受到了挑逗，又有得话说了："你才是呢。你……"

他还没"你"出下文，嘴被瓜姐堵上："咽回去！自个儿喂饱自个儿，省一顿饭。"

湿衰瞟色蚕，色蚕抖着右腿，下巴向天上歪着。

湿衰看瓜姐，瓜姐舔着嘴唇，不停地旋转着脖子。

湿衰自我解脱："哦，那什么，一寸光阴一寸金，寸金难买寸光阴。不知细叶谁裁出，二月春风似剪刀。京口瓜州一水间，钟山只隔数重山。何处望神州，满眼风光北固楼。壮志饥餐胡虏肉，笑谈渴饮匈奴血。天下英雄谁敌手？曹刘。生子当如孙仲谋。"

哈哈哈哈……瓜姐笑翻了。色蚕也忍不住喷饭。

"有这么好笑么？"湿衰自问自答，"呵呵，我就是这么好笑。"他突发感慨："呀，和风煦煦，正当人生好年华，子在川上曰：逝者如斯夫！瓜姐抓紧排练哪，离正式登台，没几天时间了。"

瓜姐咬嘴："还指望你们俩指导呢。别人背靠大树，一靠靠个准，树噌噌地往上长。我呢，靠桌子桌子搬了，靠墙墙倒了，靠朋友朋友散了，还能指望什么呀！"

湿衰赶紧拉色蚕："我们是坚定的盟友，牢不可破。色鬼，你说是不是？"

色蚕傻咧咧的笑陡然收住："你还尿不湿呢，一股臊味。"

瓜姐摆摆手："行啦行啦，你们俩斗，我找别人去了。"

色蚕三步跨栏，拦住瓜姐："我保证，再说一句废话，你把我废了。"

瓜姐扫了一眼湿衰，湿衰重复："我也保证，再说一句废话，把我也废了。"

瓜姐挨个儿指了他们："我时间有限呀，再不抓紧排练，是上台呀还是上吊呀？你们是不是想看我死得很惨？"

"那是宠物狗的心态，我们是直立行走动物，比它们少两条腿。它们有，我们没有。"色蚕与湿衰居然出奇地一致表态。

"哎，往那瞧，芳草园。咱们到那儿去，地域宽阔，草木旺盛，有助于培养好心情。哎，牙好，胃口就好，胃口好，心情就好，吃嘛嘛香，身体倍棒，你的演讲，会超一流的魁儿！"湿衰强拉硬扯，引导着方向。

"还贫嘴。"瓜姐脸上挂着开心,嘴上浅浅地指责着。

色蚕轻拍一下湿衰的头:"补上一顿揍,算便宜你了。要嘴皮子算你天才。一会儿可要上些心噢,把咱们的瓜姐指导得人见人爱,花见花开,汽车见了爆胎,小乳猪见了投胎,拿下全校演讲比赛的一等奖。拿不下来,就是你没尽心。"

湿衰反唇相讥:"不怕我黔驴技穷,就怕你后腿拉个不停。演讲,最要紧的不是把稿子背个滚瓜烂熟。"

"那是什么?"色蚕和瓜姐都想听听他的见解。

湿衰边走边指手画脚:"稿子背得越熟,越顺嘴,越不善于运用技巧。关键是要激情四射,舞台是我舞台,天下皆我天下,唯我独霸,肢体语言有力配合,必能拿下观众的心。"

色蚕敲边鼓:"虽傲气有余,但道理很足。"

"不是道理足,那是真理在握。"湿衰压话,"稿子大意记住就行了,别逐字逐句地死背。临场看客下菜,灵活发挥,调动气氛活跃是最好的棋。中心主题不变的前提下,一切由你主宰。"

瓜姐犹豫:"万一上台犯紧张,忘词呢?"

"所以到芳草园,大声地练啊!咱们招一干众人来,陪练。"湿衰说。

"这样看来,我有些多余。"色蚕哑巴嘴。

"也不全是,"湿衰用指头戳他,"你可以在边上当电线杆子,给瓜姐挂个包什么的,也挺好。如果你不介意的话。"

色蚕竖大拇指:"我不介意,只要有用。"

来到芳草园,已有很多本班的、外班的同学聚在那里散步、聊天。瓜姐露怯。

湿衰大声嚷嚷:"各位各位,请大家安静,现在,瓜姐同学盛情邀请各位当裁判,听她做演讲预演。盼各位直言不讳,多挑挑毛病。谁挑出毛病谁就是真伯乐。当然,挑不出毛病的,送上掌声赞美,那也是友军。"

瓜姐脸色犯白:"哎呀,我还没准备好呢,你就把我推在聚光灯下。"

色蚕迎合:"就是,强人所难。"

湿衰则不然:"要练胆,练随机应变能力,就是要在没有预案的情况下走进公众视野。你要豁得出去。现在丢丑,正式登台就会大放光彩。请,上吧。"

瓜姐被逼着迈步"上台"。

她忐忑不安地回头望一眼色蚕,色蚕喊:"瓜姐加油!"

湿衰追补一句:"瓜姐加水!"然后瞪色蚕:"忘性狗,记吃不记打的货。"

色蚕顾不上绊嘴,给瓜姐送上鼓励的掌声。

湿衰一本正经起来,全神贯注地盯着瓜姐的每一个声音、每一道动作。

加油!加水!加水!加油!

交织着加吧,反正虱子多了不咬人。就是不知道瓜姐在他俩的助威声中,能不能拿下一等奖……

这些年，我们懵懂成长

文 / 蔡飞飞

记得有个人这么说过："只有一条路不能选择——那就是放弃的路；只有一条路不能拒绝——那就是成长的路。"

不知不觉，时间总是过得那么快，总觉得它是那么长，经久不衰，但又是那么短，有如白驹过隙，是那么的平凡令人不以为意，又是那么的珍贵而不可复得。在那些悄悄流逝的岁月里，我们像一只只迷茫的雏鹰，一起在懵懂中成长为展翅高飞的苍鹰。

那是仍停留在记忆表层的某一天，"啊啊……无聊的社团课！"我双手撑着耷拉着的脑袋，眼神空洞地看着同学。"呵呵，"她干笑了几声，"没办法啊。"正在我转过头去那一刻，眼前一亮。"要不要，我们搞个恶作剧啊？"我坏坏地看着同学，嘴角扬起45°，我的目光渐渐转移在了她笔袋里的双面胶，然后朝她眨了眨眼，她若有所悟地点着脑袋。

"这里，这里，再来一条，再来！"我对着椅子指手画脚。"在贴了，在贴了！"她手忙脚乱地撕下双面胶小心翼翼地粘在了附近别人的椅子上。一分钟、两分钟、三分钟……五分钟过去了，"嘿，完工了！"我兴奋地为自己的"得意之作"——平滑的椅子上"装饰"着密密麻麻的双面胶欢呼。说着我们都伸出了一个手指，小心翼翼地触碰着椅子。"好黏啊！"她一边挣脱着一边喜悦地大叫。"是啊是啊。"我小鸡啄米似的点了点头，只要脑海里浮现出那个陌生人出糗的模样，就会满足地上扬嘴角。

第二周的下午，我们照旧坐在那个离它很近的座位。大概是刚上课的缘故吧，那间教室里的同学还没走光。当和某人擦身而过的一瞬间，只听见他愤愤地说："上周不知道是谁坐在我位子上的，害我裤子差点被拉扯下来。"我顿时愣了一下，紧接着用书挡住了脸，和同学笑得人仰马翻。

那时，我们还是带着奶油香气的小娃娃，是那么的不懂事，而现在我们即将面临毕业。经历了这些年难忘的点点滴滴的我们，满怀期待却又无法抗拒地成长了。

这些年，我们一起在懵懂中成长……

旧时光的恋爱

文 / 赵登怡

红颜弹指老，天下若微尘！有些人一转身就是一辈子，有些事一回首就是一阵伤。一句"原来你也在这儿"道出几人忧伤。我不在乎曾经的曾经，我只在乎曾经似水流年的你！如果说有来生的话，我愿换作一条鱼，在水里漂游。那样即使我会流泪，你也不会注视到，你也就不会再心痛。

刹那芳华逝，弹指红颜老。对每个懵懂无知的少年来说，在自己单薄乏味而又充满期待的青春岁月里，能邂逅一段清新美妙的爱情，不能不说是一段妙不可言的趣事；在自己风华正茂而又多愁善感的韶华时光中，能邂逅一个貌美如花、温柔善良的女子，并与她坠入爱河，无疑是最美好最值得怀念的记忆。

我很庆幸自己曾经喜欢过那么几个女生，即使自己懵懂无知，不懂爱的妙语，但还是将爱说出口。我为曾经勇敢追求的行为感到自豪。纵使不曾拥有，我也曾经历过追求的过程，享受爱的过程，不也挺好吗？人有时会被欲望束缚，以至于难以脱离苦海，终生留有遗憾。

妙龄少女哪个不善怀春，追风少年哪个不生情愫？爱情往往在年轻人之间轰轰烈烈，其实却是弱不经风，一场秋雨就会萎靡枯萎。反观而立之人他们大都是淡定的，因为爱情不仅仅是两个人的事，他们都经历了风风雨雨，故能无所谓。但是恋爱却是两个人的事，如果不喜欢，再

多的努力也是枉然，不喜欢就是不喜欢。或许曾经的经历给我留下最深刻的影响莫过于这样沉重的感悟呢。

不老的永远是年华，衰弱的总是容颜；不变的也还是痴心，遗忘的终归是誓言。来过、经历过，也曾痛过；爱过、打拼过，也曾恨过。人生百世如流水，何不心宽纳百川。说好了一起走，总是有人先退出。既然放弃了，何必苦苦挽留。给自己一个坚强的理由，前方大路一个人走！我庆幸自己曾经努力追求过，尽管我已遍体鳞伤，但我还是坚强地行走。或许你们给我最大的感悟就是让我学会坚强，一个人的生活很孤独，但在人一生的某一过程中必须学会独立行走。倘若我不够坚强，谁还能陪我一起坚强走下去呢？

不伤情，只因未动真情；不痛，是因为痛没有降临到自己身上。

原来一切都会变！一段友情因为不同的选择而背道而驰，一段恋情因为分割两地而分道扬镳，一段记忆因为内心的疼痛而割舍心头，一段故事因为主角的离去而半途而废。时光终会老去，你也会随光阴离我远去。我只会将你铭记，我能做的也只有如此。

光阴带走你我的故事，牵引我孤独的心灵。到头来发现一切渐行渐远，而我还依旧坚持当初的信念，我还是原来那个在烈日下打球的少年郎，可我的世界早已没有你的存在！你可以走，但我还须留下。无论远行抑或留守，你依然是追风少年、妙龄少女！再见我的红颜，我的青春年华！

流水带走光阴的故事，也带走了我对你的思念；雪花送来了漫天的银装素裹，也送走了我对你最真诚的祝福。你若安好，便是晴天；你若不痛，我便无恙！

记忆，你好吗？

文 / 凡晓

当天空中的最后一抹余晖消失在我的眼际，当月光还未散落大地，这个世界有那么一瞬间是黑色的。此时的我是个落寞的孩子，站在那片黑影里，呆呆地看着余晖消失的那条地平线，迟迟不肯离去。此时的我卸下了白天的阳光开朗的面具，也许老天也是舍不得我的那份勉强的心痛的快乐，就这一刻，让我在黑暗里隐藏我落寞的神情，也许老天也不舍得我那么努力的快乐，让黑暗笼罩我的脆弱。把头埋在膝盖里，双臂紧紧的抱着腿，低下头，看着脚底的那寸土地，也许什么也看不见，划过眉际的刘海下是谁也看不到的泪水。也许此时的你目光偶尔扫过这里，看见我蜷缩的背影与整片黑暗融合在一起。

我喜欢在晚上仰望着天空回家，看着每晚的天空有什么不同，都说喜欢仰望天空的孩子很聪明，因为天空让我知道了我是多么渺小的存在。每个人都是一粒沙，在这个过于庞大的世界里缓缓地、以我们察觉不到的速度在流淌，猛然发现，已经找不到之前的自己。

我不知道怎么回答，多少个夜里我会在黑暗里望着模糊的天花板，眼神呆呆地穿过天花板，去向未知的地方，此时的我无比消极，会想好多想不开的事，抱着日记本流泪，一个我喜欢的男孩说，她怎么会哭，她那么没心没肺，那么大大咧咧，那么强大，怎么会有能让她难过的事,她是女汉子。我无法用语言描述我当时的感觉,好冷,甚至感觉照在我身上的阳光比冰还冷,那种刺痛的冷感顿时蔓延到我的七经八脉,血液,直至脑门,我无力去反驳,只有嘴角的微笑还勉强的挂在脸上。我真的那么什么都不在乎,那么阳光吗?好奇怪的词,我第一次听到,我只记得:

"同桌,你要是阳光,这个世界上就没有忧郁的人了。"

"同桌,完了,跟你待的时间长了,我都抑郁了。"

对了,还有那句,"如果不是你,我不会和他在一起。"

其实他们的话都对，我就是那个矛盾的集合体。有个人说，一个人的眼睛哪怕再近视，也比过世界上最精密的仪器，因为可以看得到天空的星星。我一直喜欢在远处看着你，望着你的背影，在众人中一眼看出哪个是你，挪不开眼睛，有种连魂魄都深陷进去的感觉，可你突然回头的一眼，我却低下了头。而你却很嫌恶地说了句，好怪的性格，看到了却装没看见。

我不傻，我只是不想活的那么复杂。每个人一出生都有两双眼睛，一双长在脸上，一双长在心里，随着年龄的增长，好多人只剩下了一双长在脸上的眼睛，心里的不见了，模糊了。而我心里的眼睛却比出生时更加明亮，可我选择把它闭上，因为，我不想活的那么复杂。你们眼睛里的东西我看得懂，观察的范围从行为到表情，你的任何蛛丝马迹都别想逃过我犀利的双眼。只是我装傻，可这不要成为你们毫无顾忌的理由。自己过于洞察一切的分析思考能力，常常会让我陷入一种奇怪的自卑心理。这两种奇特的特质糅合在一起，让我对爱情若即若离，忽冷忽热。如果你不直接跟我说，我也许一辈子都不会知道，因为我自卑到怕自作多情。

我不是个很好的笔者，但我却是个很好的记录者，因为我怕残忍的时间悄悄地把我的记忆抹去，甚至连自己忘记了都不知道，我怕，我怕，因为哪怕我努力的记，看到文字后却那么陌生，陌生到我忘记了当时的心情，这是个可怕的噩梦。

我只是个没有安全感的孩子，喜欢看着天空发呆的孩子。

预设的美好

文/黄晴熠

刘杨有气无力地对着教学楼喊着："我爱汉武帝，我爱秦始皇，我爱唐太宗，我爱……"这个时候校园里的人并不多，但教学楼附近还是时常有人走过，这让刘杨面子大损，但他还是要继续大喊："我爱汉武帝……"

刘杨想不明白 A 中为什么会有这么奇怪的传统，让历史不及格的学生对着教学楼大喊历史人物的名字。正在他面红耳赤之际，背后传来了一阵女声："我爱武则天，我爱吕雉……"他近乎诧异地转过头，想看看哪个倒霉蛋和他一样要在这光天化日之下干如此丢脸的事情。马尾辫，齐刘海，一副好学生的样子。刘杨冲她喊了一句："原来女生也会历史不好呀，我们可真是难兄难弟，哦不，忘了你是个女孩。"

女孩回过脸，没好气地瞪了他一眼，讲道："难道女孩儿就不能历史差吗？就这么说定了，难兄难弟。我叫吕凡，三班，你呢？"刘杨微微一怔，回答道："我和刘邦同姓，单名一个杨，一班。你好，吕皇后。"

刘杨每次被请办公室的时候都能碰到吕凡，但都只是吕凡出来，他进去，历史老师也是聪明的，知道男孩和女孩是不能一起批评教育的。吕凡出去时总会与他对视一笑，留下一个鬼脸让刘杨有一个好心情去面对历史老师的狂轰乱炸。

在又一次被骂得狗血淋头后，刘杨盘腿坐在草坪上，低头拨弄着新发芽的花草。吕凡猛一拍他的后背,说:"想什么呢?"刘杨应道:"总有一天我要让历史老师对着教学楼大喊教育家的名字,你说,都有谁呢?"

"有很多呀,像孔子就是,近代的还有陶行知、蔡元培等。要不你和老师打个赌,要是你历史过70分,就让老师对着教学楼大喊三句'我爱蔡元培'。"吕凡的眼珠开始发光,对刘杨讲着。刘杨笃定地点点头便起身拍拍土,向办公室奔去。

刘杨自立下这个赌约,便将大把时间扔在历史上,与难兄难弟相互鼓励,猛冲70分。在"吕皇后"的鼓励下,他的历史渐渐有了起色,也会总结一些武昌起义、新文化运动之类的意义了。他开始感谢那个偶然的邂逅,竟让他变化如此之大。

从未及格过的刘杨从来没有如此迫切地想知道成绩,他蹑手蹑脚地趴在办公室窗口,向里面张望着,老师正在登记分数。

吕凡也出现在了办公室门口,轻轻敲了敲门,细声问道:"老师,怎么样?"老师笑着回答道:"恭喜你,我的历史课代表。你成功了,你吕皇后95分,'刘邦'同学77分。"

趴在窗口的刘杨瞬间恍惚了,泪水充斥着他的眼睛。原来这个偶然是一个预设的美丽。

角落里的鱼少年

文 / 沈倩

我一手捧着沉重的书本,一手推开玻璃大门,一股空调的热气直喷我的脸颊。在一片此起彼伏的"欢迎光临"中,我局促不安地点头,然后找到一个靠近玻璃鱼缸的位置,坐下静候。

好大的一缸鱼。在各种色彩斑斓的水草间,似乎有数不清的鱼在上浮下沉。有一些像妇人一般围在一起,贴着鱼耳窃窃私语;有一些像壮汉一般风风火火地在鱼缸里四处碰壁,愈撞愈猛;有一些像孩童一般在原地打转……每一条鱼都披着火红色的鳞甲,身后飘着蝉翼般的丝带,它们似乎像彼此的镜子,又似乎迥然不同。

这时,一条位于鱼缸最角落的鱼引起了我的注意——它只是静默地伫立着,凝视着某个方向。我用手指轻叩冰冷的玻璃,它一惊,又背过身去,又陷入沉默。我有些纳闷儿了。再细看时,那五色的水草和绚烂的海底背景均是人工制作。一池水里,唯一真实的只有水和鱼了吧。

那群人仍在忙碌。我无奈地叹口气,准备翻看近期的杂志。"唔……小姑娘,你来洗头吗?"一阵有些迟疑的声音在耳畔响起。猛然抬头,望见一个穿着纯黑色制服、挂着大口罩的身影。我匆匆点头,起身向洗发区走去。

躺在躺椅上,我仓促地解开发绳,在发间觅着发卡的踪迹。那双灵巧的手却为我挑出了藏身于隐蔽之处的几枚。我不好意思地笑了笑。

在洗发过程中，我们一言未发。我从来都不喜爱与理发师作过多的交流，他这样不同于大多数人的安静，倒是我所喜欢的。在洗第二遍时，他的手却不同于第一遍那么轻柔，我感到我的脑袋被他的左手稳稳托起，他的右手如同敏捷的游鱼，在我如海藻般的发间穿梭盘旋，我感觉仿佛全身的细胞都跟着一起律动起来。最后，我的头安全地着陆在颈垫上。好奇怪的手法……洗完后我觉得神清气爽，似乎所有烦恼都一并消散了。

"还需要再洗一遍吗？"他终于开口了，但音量还是很轻。

"不……不用了。"我微睁开双眼，朦胧的灯光笼罩着一排形态各异的洗发露瓶，边缘恍若闪着晶莹的光芒。想起刚才的一幕，我竟"扑哧"一声笑了出来。

"笑什么……"他有些不安了。

"从来没见过……这样的手法呢。"我如实答道。

"嘿嘿……"他笑得有些憨厚，提高分贝说，"这里不让技师洗头发。正因为今天太忙，所以才让我帮你洗的。手艺可不是白学的哦。只是荒废了一段日子……对了，今年你初几？"

"初二了。"

"初二……去年，哦不，是前年。前年我读初三，家里条件不太好，只读了第一学期就不读了。然后就干起了这行。唉，成了鱼缸里的鱼，再也出不去了……"他若有所思道，然后声音越来越低。

"哦……"我无以回答，不知该叹惋，还是该安慰。在我眼中，他的头是倒过来的，大大的口罩遮住了半张面孔，只露一双黯然的眼睛。染过的头发却飘出一股成熟的气味。那条角落里的鱼的身影猛然闪过我的脑海。

"好好学习啊……"他声音渐渐隐没在哗哗的水流声中。这句轻飘飘的话,沉甸甸地落在我的心头。

即将离开时,我着急地向那个大鱼缸张望,却已然不见那条鱼孤独的身影。在一片"谢谢光临"中踏出店门,身前的街道上车水马龙,路灯高悬;身后的店门里,谈笑风生,众鱼浮沉。

角落里的鱼少年,你身在何方?无处可寻,愿你安好。

渴望自由

文 / 余洲

16岁的青春，有太多来路不明、去路不清的伤感与疼痛。如一场没有目的旅行，不知意义如何，却一如既往地前行，风雨兼程。途中收获的泪水与欢笑，它们是所有关于渴望自由的成分，缺一不可。

有时，你能感觉到它离你那么近，近到触手可及，甚至与你融为一体。

偶尔，它又是离你那么远，远到像彼岸的花，是那般遥不可及。你只能远远观望，哪怕心中有再多要去触碰它的芬芳的渴望，它依然在你无法泅渡的彼岸，花开荼蘼，花谢无语，却与你无关。

你渴望得到它，于是不惜一切代价，付出所有努力。伤痕累累了，满心疲倦了，你仍放不下对它的渴望，依旧努力着。压抑，难过，痛苦，不安……一切的一切，都向你冲来。不要抱怨自由的不公平。你要明白，这很好，你在成长，并且向它靠近。

也许，在某个阴雨连绵的下午，你踩着湿漉漉的青石板，看着掉下了最后一片树叶的光秃秃的树丫，你依然在追问，自由到底是什么？它到底在何处？你能否最终得到？你的如此渴望是否会有结果？……那样多的问题纠缠着你，千丝万缕，无法解开。

大概，我能懂得，此时，你在怀疑自己的渴望。可是，一旦做出了决定并且牺牲至此，你就没有理由去质疑，甚至停歇。自由，它不过是偶尔某种心绪的解脱抑或载体。就仿佛如今，你被你的渴望所约束。你需要自由，却被它规则至此，没有空间。但，你需要的不是放弃，而是继续不顾一切地渴望，继续追逐。短暂一生，转瞬即逝，能够拥有一种渴望，使之成为坚持不懈的力量。这是一件来之不易的事。所以，珍惜吧，珍惜你的渴望，不要放弃。

在疼痛与挣扎中，渴望自由那么久的你，应该懂得，其实你所有的渴望，所有的付出，都不是徒劳无获。你收获了成长，收获了感动，收获了幸福。甚至，你还收获了自由。明白吗？你的渴望，在你努力的过程中已经实现。偶尔的遥不可及，只是亘于你心底的距离。跨越了这一切，渴望便不再是与你无关的彼岸花。

16岁，如花的季节。你在旅行着，长路漫漫，颠沛流离。你找到了自己，渴望着自由，再多艰难也不甘放弃。亲爱的，此时，你就是自由的。

黑夜陪我像游魂一样胡思乱想着平常的日子

文 / 张佳羽

我从黑夜里坐起来，想黑夜不能吞进肚子里的事。窗子上下来一层弱光，走进屋子的距离十分有限。屋子里的黑，像一只大大的包袱，包裹着没有力量的光明。我不想开灯，怕灯光又去追着辅导书，重复那些重复了八百遍的烦人的习题。

窗外有没有星星我不知道，懒得下床去数。灌进耳朵的声音，除了壁挂炉给地暖加温的低分贝的轰响，还是壁挂炉给地暖加温的低分贝的轰响。没有一点儿美感。与电流从高压线上跑过，半途被变压器修理一顿的响动无异。这声音忒黏人，打都打不散，钻耳朵。

校服就挂在床边的衣架上，它的白，黑夜用尽力气也刷不黑。再三个月，它就永久滞留在衣架上，成为中学生活的一种回忆。在班里，我的朋党越来越多，曾经的反对派也纷纷倒戈，要友谊不要对抗。自己的同学，看谁都有可爱的一面，想记仇，仇恨不起来；想憎恶，居然找不到对方可恶的起源。

期待这个时候有个电话打进来，找找朦胧的感觉。偏偏没有。他、她、它的名字冒出来，各人的样子，立马在回想中十分清晰。男生长得越来越不雷同，彪悍的、文弱的、勇猛的、沉稳的，你想让谁可爱谁就可爱，你想让谁讨厌谁就讨厌；女生两极分化日益严重，好看的越来越好看，卑微的越来越卑微，常常成为惹事的话题，也是扫兴的话题；各家的宠物狗，陪大家散心散出感情，公狗动不动向漂亮女生献吻，母狗向帅男扭腰又摆尾。

　　夜深人静，我坐在黑夜里，肯定还有旁的同学无眠，也坐在黑夜里。不想知道谁与谁在Q聊，断定他们聊不出比两会还重要、比乌克兰变局引起美俄对峙还抓人的大事。把考试分数聊上去、父母数落聊下来，比天方夜谭还难靠谱的事。聊谁爱上谁，谁将来嫁给谁，谁将来会娶谁，只能制造心绪的混乱，不能维持自己学习的专一。

　　罢啦，全班同学都是命运共同体，只有夜里没人管束，自己属于自己。爱怎么想就怎么想。只要不想与明天告别就成。压力山大是高三的属性，从压力的缝隙里找乐，就看各人的本事。愁云密布是一天，阳光灿烂是一天，同样是一天，感受迥然不同，活法天地两重。何必自个给自个脖子上套绳子。套脚脖子上也不成啊，会绊着自己。有能耐，套在烦恼的脖子上，逼它把快乐释放了。

　　呵呵，我很欧文。偷偷回味一下电视剧《大丈夫》的情节。顾晓珺把自己淘洗得干干净净，朝欧阳剑"喵呜"一声，欧阳剑的鼻血就下来了，为什么呀？任大伟一表人才，顾大海打他，赵康打他，顾晓岩离他，顾晓珺恐吓他，他还死皮赖脸，天生的贱骨头呀？赵康不要欧阳淼淼要顾晓岩，顾晓岩不要幸福要脸面，搅得孔雀东南飞，五里一徘徊。似看懂又没懂，太喷血。

　　黑夜真好，遮住了眼睛，遮不住心。看不见纷杂，却想得纷杂。明早还得上学，尽管是星期六。睡吧，哪怕睡一小时，那也是睡。夜里给了自由畅想的空间，白天给了在庸俗里挣脱庸俗的机会。没有谁想把自己神化，我也一样，却未必不想教自己像神一样预知未来……

不能说的秘密

文 / 蔡飞飞

每个人都是有秘密的,小秘密,大秘密,那是各种各样的秘密,那是不能说的秘密。

我和好朋友走在林荫小道,微风把树叶吹得轻轻摇曳。朋友突然停下了脚步:"哎,蔡冰赟真的好淑女啊!"我听完她的话,忍不住"噗"地笑了出来。朋友一脸的疑惑。为了蔡冰赟的"清誉",这事可打死我也不能说啊。我赶紧打着马虎眼儿:"呵呵,是啊是啊,很淑女的。"谁知道,我的心里早已笑开了花——

"嘿,在干嘛呢!"我拍了拍蔡冰赟的肩膀,她吓了一跳,但又甩了甩刘海儿:"本帅哥在写作业呢!"一口饮料顿时从我的嘴里喷了出来,我佯装正经地把手放在了她的额头,轻轻地说:"咦?没发烧啊。"蔡冰赟拍开了我的手,嘻皮笑脸地说:"哥身体可好着呢,可别咒我哦!"我的头顶飞过三只乌鸦……

我心想:女生自称"帅哥"?她脑子烧糊涂了吧?天哪,都开始说胡话了!过段时间会好的吧,可是没想到,她变本加厉了。

"帅哥,又在忙什么呢!"有了上次的前车之鉴,我改掉了对她的称呼,她显然十分受用。

"啦啦啦，看衣服呢！"

"什么衣服？"

"今年最新款男装。"

"你穿啊？"

"那是当然！"

我擦了擦头顶上豆大的汗珠，她的这番话把我雷得彻底"外焦里嫩"。她……这是想成花木兰吗？仔细端详蔡冰赟，齐刘海儿，中短发，再配上一副黑框的近视眼镜，带着那么一丝书卷气息，任谁都会不可否认地觉得她是一个名副其实的淑女吧。不过那还真是知人知面不知心了，要知道在我面前与在学校真是判若两人啊。我用力地揉了揉眼睛，为了证明眼前一切是不是真的，我又掐了一下自己："哎哟！疼！"看来这不是在做梦啊，蔡冰赟听见声音满脸不解地望着我："你怎么了？"我忙摇着手："没事，没事，帅哥你快去忙吧。"蔡冰赟一听我奉承她，笑得合不拢嘴了。我无奈地摇了摇头，真是给点颜色你就开染坊啊。

呆呆地望着天花板，任风吹起那一缕缕发丝。在秘密面前我们迷茫、踌躇，甚至懦弱，但也会有人勇敢地向人倾诉，不再一个人踽踽地徘徊。

把自己心中的小秘密展现给所有人，这个世界，其实没有不能说的秘密。

520条短信

文/刘婕

那一年,他17岁,她16岁。他们在同一个学校,同一个班级里读书。

男孩是班里的小混混,整天游手好闲地过日子。女孩是班里的学习分子,成绩优秀,考试总是位列前五。男孩长得很帅气,虽然学习不好,但却很聪明。女孩很可爱,人缘好,在班里很受喜欢。

他们是朋友,男孩却喜欢上了女孩,他不懂自己对女孩是什么感觉,只是莫名地想见女孩,明明才刚见过,却也止不住思念;常常无缘无故登录QQ,看着女孩QQ灰暗的头像,按下"退出"键;开始注视着女孩,不敢跟她说话或者不知道说什么。

女孩难过,他也会难过;女孩开心,他也会开心。或许他已经爱上女孩了吧……

女孩发现了男孩反常的举动,可是她不懂男孩在想什么,以为男孩家里出事了才会这样的,过段时间就会好转吧……

时间一久,男孩越发觉得自己爱上女孩了,上课忍不住转头看女孩,似乎已成了生活的习惯。女孩还是不明白,每每问男孩时,男孩只会看着远方的风景,眼底闪过一丝无奈,心里默念了无数遍"我喜欢你",只可惜女孩听不到。

这天晚上，男孩和一个同班朋友打电话时，无意中得知女孩的手机号码，男孩很兴奋，匆忙说了几句，挂掉电话后，马上拨通了女孩的号码。

"喂？"

"……"

男孩听到女孩的声音，突然忘记该说些什么。

"谁啊？"

"你猜呀。"

女孩说出了一个同班男同学的名字，男孩很失望女孩没有猜出是他。

"呵呵……怎么一猜就猜对了。"

男孩想借用那个男同学的身份试探女孩到底有没有心仪的对象。

"呵呵……有什么事么？"

"我……我……"

"什么？"

"我……"

"你怎么了？"

"我喜欢你，你能做我的女朋友吗？"

"啊？"

"我是认真的。"

"额……"

"行吗？"

"让我考虑一下吧……"

"那好吧，我等等再打给你。"

"嗯……"

十分钟后男孩又拨通了女孩的号码。

"嗯……你考虑得怎么样了？"

"我想我们还是做朋友好一点儿。"

"真的不能接受我么？"

"……"

"那好吧，我们还是好朋友，我先挂了。"

女孩靠在床头，自己拒绝了那个男同学，他一定很伤心，女孩一夜难眠。

此时的男孩，殊不知，自己只想知道女孩喜欢谁，却把玩笑开得过火了。

隔天，男孩像往常一样去上课，下课时，女孩突然红着脸气冲冲地跑到男孩座位旁，狠狠地朝男孩的凳角上踹了一脚。"你觉得这样很好玩么？"原来女孩事后从朋友那儿得知号码是男孩的，便知道了一切……

男孩呆坐在座位上，双眼无神，他知道自己错了，玩笑开得太大了。可是，已经太晚了。女孩生气了，因为是男孩骗她，女孩哭了好几次。

几天了，女孩都没有再跟男孩说话，哪怕是句责怪也没有。看来，女孩真的受伤了，伤得很重。

男孩慌了，他无比地自责，想打电话给女孩，可是女孩不接。男孩给女孩发短信。

"对不起，我不是故意的，真的，我向你道歉，能原谅我吗？"

女孩没有回复，男孩不死心，又发了一条给女孩。

"我知道你很生气，不要不理我好么。对不起，对不起，对不起，原谅我吧。"

男孩焦急地等待着，很久后，手机铃声响了，男孩疯狂地抓起手机,果然是女孩的回复。

"如果对不起有用还需要警察干什么!每个人都可以先杀人,再对他说对不起了!所以,你的道歉,我不接受。只是不想跟你说话!"

男孩很高兴,即使女孩没有原谅他,至少女孩理他了。

从那天起,男孩每天都会给女孩发一条短信,希望女孩能原谅他。不管女孩会不会回复,他都会坚持。而女孩每天都会收到一条短信,那是由男孩发来的,不论什么情况都不会变。

两个月过去了,渐渐地女孩习惯了这种生活,习惯每天都收到一条由男孩发来道歉并希望自己原谅的短信。或许,女孩是习惯了有男孩吧……

有天,男孩没来上课,他请假了,但女孩依然收到由男孩发送的短信,所以女孩并没有多想。可是接连的,男孩已经两个星期没去上课了,女孩发现没有男孩在的日子是那么单调,仿佛整个世界都失去了颜色,就算能每天收到男孩发送的短信,看不到男孩,心还是那么寂寞那么空虚。她匆忙打给男孩,但没人接听,于是女孩发了条短信给男孩:

"你在哪儿?你怎么了?怎么不来上课?"

男孩好久都没回短信，女孩这才知道等待短信是需要多大的勇气，多大的耐心。然而一直以来，她每天收到男孩的短信都不曾回复过，不难想象的，每天男孩都会傻傻等待女孩不会回复的那条短信……

晚上，女孩终于收到男孩的短信"对不起，这么久才回短信给你，你一定等很久了吧。对不起，最近家里出了一些事情，所以没去上课，身体好么？好想你的……"女孩哭了，她不明白自己为什么哭，为谁哭，只是纯粹地想哭泣，有一个这样的男孩对她！

又这样过了十天，没有男孩的十天。女孩终于忍不住去找男孩，因为她知道，自己已经爱上男孩了！

女孩拼命地寻找男孩。男孩喜欢的地方，男孩伤心时的角落，男孩常去的网吧，男孩的秘密基地，能去的地方女孩都没有漏掉，可都没有男孩的身影。女孩隐隐感到几丝不安。

一个同学告诉女孩，男孩有个妹妹在校读书。很快女孩就找到了男孩的妹妹，问起男孩，男孩的妹妹就哭了，哽咽着说让女孩跟着她回家就全明白了。女孩跟着男孩的妹妹来到男孩家，男孩的房间，男孩的妹妹指着书桌上的一封信，然后从书包里拿出一个手机，"还有这个，现在都交给你了。"说完，男孩的妹妹转身离去……

女孩走到书桌旁，颤抖着拆开那封信。

"对不起，以后再也不能陪你了！

没去上课的那天，我很不舒服，去医院检查后医生说我最多只有一个月的寿命了。

很抱歉那天你发来的短信我过了很久才回复。其实你一发来我就看到了，只是我发现平时轻松能按下的手机按键变得我再也按不动。我花了很长的时间，终于打完了字……对不起……

幸好你没原谅我，不然……呵呵……不过没关系啦。

我让我妹妹在我走后每天给你发一条短信，至于短信，我都提前写好了，以防不测嘛……呵呵……

答应我不许难过！我不在的日子，你要开心哦！

其实，我暗恋你很久了，都没跟你说……可惜还没说出口，就让你生气了！而且一犯错，就是致命的！

对不起，那件事我真的不是故意的，我只是想知道你喜欢谁，因为我喜欢你……

呵呵……这些都已经不重要了。你呀！一定注意身体，天冷要加衣……

"……"

打开手机，女孩翻开短信草稿箱，里面存满了整整435条短信！都是准备发给女孩的！

良久，一个女孩跌坐在地上，失声痛哭……

因为……两个月是61天，也就是61条短信；加上两个星期也就是14条短信；加上消失的十天10条短信；最后加上手机草稿箱里的435条短信。就是……

61+14+10+435=520= 我爱你！！！

亲情树

夏天往南是火炉

文 / 万亿

我小时候曾经有过两个愿望。

一个是长大后当兵，当个文艺兵，穿着漂亮威武的军装站在舞台上唱歌。可是，这个愿意很快就被音乐老师扼杀了，她说我是全班女生中唯一唱歌找不准调的人。

另一个就是上下学时找一个帅帅的男孩陪我坐公交，因为我老是占不到座。这个愿望在我10岁那年实现了。不过，陪我坐公交的不是帅男孩而是个帅老头，他是我外公。

记得有几次外公陪我坐车的时侯，有年轻人见了就主动起身让座，外公毫不犹豫地让我坐下了。我心里暗笑，有个老头陪坐公交确实很不错。

10岁那年，爸妈经过几次爆炸性的大吵，以性格不合为由分手了。说是性格不合，后来我才从妈的嘴里得知爸外面有人了，就是现在流行的"小三"。

后来他们各自组织了家庭，而我作为小拖油瓶在两家里滚来滚去。后来，我干脆跟了外公，那个帅帅的、个子不高的小老头，在我心目中外公却特别高大伟岸，每次见到我妈，都会把她狠狠地骂一顿。

"你们年轻人啊，对待婚姻太草率，现在坑了孩子不是？"外公还说妈妈的人生失败透了，一冲动就毁了自己的婚姻，连女儿都照顾不好。

每当这时，妈妈低着头沉默地任他骂，然后站起身摔门而去，"砰"地一声，重重的，我被震哭了。

"看看，把乐乐吓得。坏妈妈，我们不要她，跟外公回家。"

外公拉着我的手，还不忘帮我擦掉眼泪，然后简单地收拾一下东西就带我走了。

他带我挤上一辆公交，车上人太多，好不容易挤到靠窗位置，一位阿姨热情地让座给外公："老人家，坐我这里吧。"

外公道过谢，慈祥地笑了一下，拉我坐下。那一刻我的眼泪又忍不住涌了出来。

我亲昵地拉着外公的手，他的手粗糙而有力。他又看了看我，乐呵呵地笑着。

我用力拉住他的手，就这样乐此不疲地回到了外公家，我被嫌弃怕了，现在外公成了我唯一的依赖。

爸爸不是很喜欢我，因为我是个女孩。我曾听妈说，爸爸给未出生的我买了很多男孩的衣服，我记得那些小男装一直穿到了我上幼儿园。

爸爸离婚后，很快又再婚了。妈妈变得心情特别坏，脾气也变了，一心投入工作，经常把我关在屋子里就是一整天。

刚开始我接受不了，整天哭闹。有一次妈妈送我去爸爸的新家，见到那个凶巴巴的阿姨，我没敢进门就被吓跑了。

妈气呼呼地在我身后大叫："跑什么跑？你爸不要你，也不要我了。"

我心一酸，停住脚步，回头看着妈妈。她虽然很生气，但脸色很平静，像这事跟自己无关一样，后来我才知道，妈妈当时是心冷了。

那时，我接受不了这个事实，只会哭。

自小我就比同龄的小孩伶牙俐齿，懂得察言观色，谁对我好我会千倍百倍还回去，谁对我不好，我也不说，会牢牢记在心里。

外公对我好，他宠爱我，还惦记我是个小孩，不能老关在家里，要我出去玩，我变得爱哭了。他说，小女孩爱哭也正常，但是要多笑，笑比哭好。

到外公家没几天，我小孩子的天性就回来了。今天去邻居家的小花园里摘花，明天用竹杆去挑二楼邻居阳台上的盆栽葡萄，被那未熟的青葡萄酸得直流眼泪。

还被隔壁的小个子男孩王文嘲笑，说我是爱哭的小神经病。后来我回头狠狠地去撞他的胸口，把他撞翻在地，王文哭了，我才不管他哭不哭呢。

我用脚踢他，边踢边骂："你说谁爱哭啦？你才是爱哭鬼，你是只又臭又坏的毒蚊子。"

听到满意的答案，我放开他，蹦蹦跳跳地回家吃饭，在楼梯口被人堵住。

王文的妈妈牵着他，她撩开王文的上衣，身上青一块紫一块的，惨不忍睹。

"哪来的野孩子，下手这么狠，把他往死里打呀，你还是个女孩吗？有娘生没爹教的……跟你那没人要的妈妈一样……"

我沉默地任她用手指戳着我的脑袋骂，眼睛看着脚尖。脑子里回荡着那句"有娘生没爹教的"恶毒语言。

正在我万分难过时，就听一声怒斥："我还没死呢，你要说孩子，说两句就算了，跟她爹妈有什么相干……"

一抬头，外公冲到我面前护着我。

外公气得满脸通红，"小孩子嘛，难免有时磕磕碰碰，吵个架，打打闹闹的，小孩子要会分轻重还是小孩子吗？你生气，就是骂她几句，我也不怪你，别指桑骂槐的。"

外公劈头盖脸地把王文的妈妈说了一通，拉起我转身就走。

我吓坏了，哇哇大哭起来。进屋后，外公缓过气来，为我擦眼泪，嘴里还不停念叨："都怪外公不好，让乐乐受委曲了。"

眼泪忍不住又涌了出来，我那时坚信，就算全世界都说我错，外公也会站在我身也的。

这件事以后，我变得不爱哭了，也不出去惹是生非了。因为我再也不想听到有人说我是有娘生没爹教的孩子。

我跟蚊子绝交了。

有一次他在楼梯口拦住我，嬉皮笑脸的样子，我气呼呼地一把拉过他的手用力往我自己身上打，一边打嘴里还一边大声说："你妈不是想打我吗？现在你打呀。"

打完后，扔下一句："我现在不欠你的了。"蚊子目瞪口呆地看着我，像傻了一样。

我转过身，却忍不住泪如泉涌，在这个小区里，除了蚊子，我没有一个朋友。

他慢慢地靠过来，怯生生的眼神看着我，"乐乐，我现在已经不恨你了。"

他从口袋里拿出几颗红得发紫的葡萄塞到我手里，"等我家的葡萄红透了，我全拿来给你吃，好吗？"

"上次你用竹杆挑下来的葡萄是酸的，现在可甜啦。"蚊子努力躲开我的视线，小脸微微泛红。

"噗！"我笑了。剥了一颗放进嘴里，葡萄真的很甜。

我和蚊子讲和了，趁家里没人，他偷偷带我溜进他家的阳台，葡萄架太高，于是，他搬来小书桌，上面再放了一张小板凳。

我壮着胆摇摇晃晃地站上去摘葡萄时，蚊子就用力抱住我的双脚。

"够着了吗？"

"别往上看，你可扶住了。"

"放心吧。"

等我摘了一串葡萄下来时，蚊子微红着脸说："乐乐，你的腿真白……"

我瞪眼睛，低下头才发现自己今天穿的是裙子，"你……竟敢偷看我？"

"啪！"我毫不犹豫地给了蚊子一个耳光。

"我……又不是故意看的，呜呜……"蚊子一边摸着被我打疼的脸，一边委曲地哭了。

我看着手里刚摘下来的一大串红得发紫的葡萄，又看了看哭成泪人的蚊子，心一软，就不跟他计较了。

谁叫拿人的手短，吃人的嘴软，我摘了他家的葡萄，也不忍心欺负得他太惨。

"不准哭，我分你一半吧，下次不许看偷我了。"蚊子抬头看我，睫毛上仍挂着泪珠，他忍住了哭声。

我跟蚊子一处就是五年，这期间也经常闹矛盾，而占上风的总是我，也许是他故意让着我，也许是他原本就怕我，谁让他比我矮半个头呢。

这种打打闹闹的日子一直到有一次妈妈来了，我刚好放学，无意中站在门外偷听到她跟外公的争吵……

"爸，我知道你舍不得乐乐跟我走，但也要为她着想，这小县城的教育那么差，乐乐的初中怎么也该去上所好一点儿的吧……"

"这事……要先问问乐乐。"

"爸，你说我拼命在外面挣钱有什么用，连女儿都快不理我了……"妈妈开始小声抽泣。

刚开始，外公还争辩两句，最后变成了长吁短叹。我躲在门外咬牙，心里想，完了，这次连外公都不要我了。

我没进屋，悄悄跑去找蚊子，哭着跟他说，我妈来了，要带我回城，以后不能一起上学了，也吃不到你家的葡萄了，怎么办啊？

蚊子出奇地镇定，背起书包，拉着我的手，"乐乐，咱们走。"

"去哪儿？"

"去一个他们找不到的地方。"他坚定地说。

那一刻，蚊子在我面前瞬间变得高大起来，我抹掉眼泪跟他走了。

其实，我们也不知道要去哪里，我们就顺着一条出县城公路往前走。心里想着，走得越远越好，这样我妈妈就找不到我了。

天渐渐黑了，没有路灯，偶尔有车经过，司机会探出头大喊："哪家的孩子，这么晚还不回家。"

我紧紧地拽着蚊子的手，问他怕不怕，他说不怕。

他问我饿不饿，我说不饿。

他又问我，还走得动吗，我点点头。

那晚，我们也不知道走了有多远，但被警察送回家，好像就一会儿的事。

外公打了我，这是他第一次打我，我没有哭，只是狠狠瞪着他，嘴里断断续续地嘟囔着："是你自己不要我的……那我还不如走远一点儿……"

外公叹了口气，老泪纵横地摇头。我哭了，抱着他的腿哭说，我会听话，会乖，会好好念书，求他不要赶我走。

可是，小学毕业的那个夏天，妈妈还是来领我回城了。临走的那天，蚊子来送我，他手里拿着两瓶饮料，递给我一瓶，是葡萄味的。

他低着头说："我家的葡萄还是青的。"

"嗯。"

他顿了顿，又小声说："要不，下次我给你送来。"

我苦笑了一下，"你找得到我吗？"

"我，我让你外公带我去。"

我没有说话,不知道蚊子说的是真的还是假的。

临上车时,外公摸着我的头说:"去了城里,要跟妈妈好好相处,到了新学校要听老师的话……"

我拉着外公的手,依依不舍地撒娇,"我还是想和外公在一起。"

"外公很快就老喽。"他乐呵呵地笑着。

我抬头看着外公,我慢慢长大,他慢慢变老。时光在我姹紫嫣红的成长路上给他撒了一地荆棘,他却用逐渐佝偻的岁月陪着我。

莫名地有些难过,我紧紧地抱着他,认真地说:"外公,不要赶乐乐走,乐乐想一直倍在你身边,陪你到老。"

外公摸摸我的头,没有说话,但眼里全是欣慰。

回城的路上,我哭得声嘶力竭……

感谢您,放开我的手

文 / 任嘉宁

不知多少次,我明里暗里表示着对您的不满;不知多少次,我不得不放弃对您的依赖而学会自立自强。妈妈,感谢您,放开我的手,让我独自面对困难,去拥抱一片更加广阔的天空。

"妈妈,求求您啦,你就帮我改改作文吧……"年幼的我拉着您的手,不住地哀求道。我小时候每次写完作文,您都会帮我加工润色,每次作文也因此总能得高分。渐渐地,我越来越依赖于您,每次的作文只是胡写几笔就哀求您帮我修改。但您往常一定会同意的,可是今天……

"从今天开始,妈妈不会再帮你改作文啦!"说着,您甩开我的手,大步流星地走开了。

为了第二天能够交上作业,我不得不硬着头皮独自写了一篇文章。

那天,作文发了回来,老师在上面大大地写着"三类"。这是我第一次名义上拿到这样的成绩。晚上,我弱弱地把作文交给您签字,您的脸"刷"地变白了。"妈妈,我真的不会写作文,您就再帮我改改吧,求求您了!"我拉着您的手,没想到您的手冰凉,还渗出了汗。您沉默了一会儿,然后猛地抬起头来,直视着我:"别想!自己改!"您再一次无情地放开了我的手。

眼前一阵带着刺痛的黑暗向我袭来,我不得不独自面对一切。那之后,我开始认真听老师对每篇课文写作手法的分析,我开始留意圈画范文里的好词好句，我开始在一篇篇作文因不合格而被打回重改后，再次耐心地修改。渐渐地，熟能生巧，我的作文写得越来越有模有样了。

　　一天作文发下来，我竟然得了全班最高分。当我再次把作文交给您签字时，您笑靥如花，温柔地抚摸着我的头，语重心长地说道："孩子，你真棒！这段时间，你一直在努力。瞧，没有妈妈的帮助，你不是进步得更快了吗？"那一刻，我终于明白了您的良苦用心。您见到我糟糕的成绩手指冰凉，却掩饰自己的担忧，放手而去，目的不就是让我不再依赖于您吗？您忍受了我对您的不满，为的不就是让我必须学会独自面对困难吗？您希望我更快地成长，不正是源于您对我的爱吗？想到这儿，一股暖流袭上全身。

　　您的放手，不仅让我学会了写作文，而且学会了摆脱对他人的依靠，独自面对困难。感谢您，放开我的手，带着您对我的期望和爱，我会走得更好、更远。

这一刻，永恒

文 / 樊小颖

村庄里晨雾弥漫，飘忽不定的炊烟似有若无。年仅5岁的我还没上幼稚园，躲在暖烘烘的被子里没有一丝要起床的念头，朦胧的双眼依稀看到奶奶消瘦的身影在我眼前缓缓走过，但我没想什么，又甜甜地进入了梦乡。

不知过了多久，耳畔传来轻轻柔柔的声音："小颖，起床了，奶奶帮你熬了一碗红枣汤，出来喝了吧。"我微微睁开眼睛，伸着懒腰打了个哈欠回答："哦。"奶奶抱起我，望着奶奶布满血丝的眼睛，只觉得心里像打翻了五味瓶，感觉涩涩的。

奶奶把我抱到餐桌前，我双手捧着饭碗，热腾腾的雾气钻进了我的心里，也充溢了整个冰凉的屋子。奶奶坐在一旁静静地看着我，就在这样一个静谧美好的环境下我把红枣汤喝完了。

只听"扑通"一声，一个雪球砸在了我们家的玻璃上，我迫不及待地跑了出去，把所有的事都忘到九霄云外，奶奶在后面唠叨着"外面地滑，慢点"。我根本听不进奶奶苦口婆心的劝说，冲出门外。只觉得脚下一滑，摔了个嘴啃泥，手上擦破了皮，血从里往外涌着，泪水顿时不受控制地流了出来。奶奶听见我的哭声连忙赶来，她一把抱起我说："乖，别哭。"一片一片雪花飘零在奶奶头发上，她爬满皱纹的脸显得更老了，但是却那样慈祥那样温暖，偎依在奶奶怀里的我真希望这一刻能成为永恒。

  不知不觉已经过去了8年，期间我和奶奶的关系好像慢慢疏远了。回想过往，我觉得自己好蠢。

  奶奶您的怀抱凝聚了多少深沉的爱啊，无论经过多少年岁月的荡涤，我都不会忘记您，我想用最真诚最朴实的话说："奶奶，我爱您！"

元宵节里吃汤圆

文 / 朱佳文

"唔……元宵节到了吗？吃汤圆，呵呵……"梦中的我喃喃自语。刚说完梦话，立刻一个"鲤鱼打挺"，从床上蹦起来，乐得手舞足蹈："元宵节到喽！有汤圆吃喽！"

吃汤圆对我来说是一件大事，吃一颗汤圆，之后至少一个月还记得味道。

苦苦等到了早晨6点，我迫不及待地拉起妈妈，拖着她去超市买汤圆。在回家的路上，我冲在前面，提前去开了门，又揭开锅盖，放好剪袋子的剪刀，再把一个装满热水的热水瓶放在锅旁，然后去看妈妈到了没有。哎！妈妈平时做起事来雷厉风行，可这次却像一只上了年纪的老乌龟。任我怎么催她，她硬是不紧不慢地向前"爬"着。我急得像热锅上的蚂蚁团团转，又推，又拉，又扯的，恨不得在妈妈走的路上铺上红地毯。

终于到家了，我这才长长地舒了一口气，在桌子上摆上碗、筷子、调羹，坐在凳子上眼巴巴等起美味的汤圆来。妈妈笑着说："怎么了？今天怎么这么积极，是想快点吃到汤圆吧。"我羞红了脸，吐吐舌头，做了个鬼脸。

就这样，我和妈妈说说笑笑过去了十多分钟。我的肚子"咕咕"地叫了起来，妈妈突然一拍脑门，大叫一声："哎呀，不好！汤圆！"一个箭步窜到厨房,揭开锅盖一看,哎呀!汤圆已经变成黑色汤圆糊糊汤了,看来应该是芝麻味的。可惜呀!我最喜欢的就是芝麻味的了,我咂咂嘴巴,看来只有"望汤圆止饿"的份儿了。

妈妈似乎不愿意放弃一锅好好的汤圆,硬撑着说道:"还可以吃呢,只不过破了而已,你尝尝。"母令如山,我只好勉为其难地伸出舌头舔了一下糊糊汤。"呀!"我惊叫起来。怎么了,是这糊糊汤,让我的胃倒过来了吗?不,这汤虽然烫了点,但味道还是相当不错的:浓浓的,又香又甜,有时还会吃到黏糊糊的汤圆"躯体",比以前我喝的绿茶、红牛、旺仔牛奶……好喝上百倍。我使劲吹着汤,让汤快快冷却,好让我大喝特喝。过了好长一段时间,汤冷了一点儿。我立刻捧起碗,"咕嘟咕嘟"一下子把糊糊汤全都"请"进了我的肚子里"做客",喝得我头发尖到脚趾头甜成了一片,肚子里暖洋洋的。

呵呵!我过了一次特别的元宵节,虽然没有出行,但依然十分快乐。

我的妈妈

文 / 燕炳琨

每个人的成长环境各有不同,但唯离不开的,那就是妈妈的爱。

从小到大,我像个贪心的小公主,喜欢的东西特别多,对什么事都充满着好奇心。于是,妈妈总一件件的去满足我,像跳舞啦,弹琴啦,走模特啦,打羽毛球啦,逛超市啦,吃榴莲啦……全是我喜欢的。

渐渐长大了,我也开始体会到了妈妈的辛苦。其实,妈妈在我心里的位置非常高,不仅仅因为她对我无微不至的关爱,还有她的那双巧手。

我妈妈是一位化妆师。不管你是长成什么样子的,只要经过我妈妈的巧手,准会变成一个大美人。

每次当我抬头凝视着妈妈给我化妆时那副专致的眼神时,我就会想,在妈妈的心里,她一定是想把世界上的一切都装扮得美妙绝伦,五彩缤纷,充满阳光。

记得有一次,我正在家里写着作业,妈妈接到一个电话,说有一个演出要我参加,让我30分钟内赶过去,而且还要化好妆。

妈妈一算,用30分钟赶过去是够了,但要化好妆再去,时间恐怕就来不及了。于是妈妈打算赶到演出现场再化妆。

我们说走就走。刚到演出现场,妈妈顾不上休息,就开始给我化妆,现场有许多人,好多人都认识我,他们见我妈妈在给我化妆,都饶有兴趣地过来围观，大家不约而同地赞扬妈妈高超的化妆技术。

听到众人的夸赞，我心里美滋滋的。

妈妈先给我打了一层粉底，又扑了一层珍珠粉，我顿时变得皮肤白嫩，富有弹性。接着，她又给我画眼影，这次画的是烟熏妆，所以需要画黑色与棕色结合的眼影。又画了眼线，贴了假睫毛，涂了腮红，抹了口红。

妈妈很快化完了妆，我一照镜子，哇！好美啊！我都不敢相信，镜子中那个大眼睛，眉清目秀的漂亮女孩是我吗？太不可思议了！

正当我兴高采烈的时候，无意间看到了妈妈的额头上浸出了细细的汗珠。妈妈身体不太好，她这么辛苦都是为了我。

那场演出，我十分认真，也很成功。但是，我来不及陶醉在观众们热烈的掌声中，就急忙在人群中寻找着妈妈的身影。

我想在第一时间让妈妈分享我的喜悦，因为我在舞台上的光彩靓丽，少不了妈妈的辛苦。

等待爸爸回家

文 / 唐婷婷

"哗啦啦，哗啦啦！"雨点儿是那么的调皮，在屋顶上滑滑梯，在小溪里散步，在大海里奔跑，而更多的是在马路上积成一个个小水洼。

而就是这些小水洼，害得爸爸骑摩托车送我上学时摔了一跤。

就在一眨眼的时间里，爸爸和我同时摔在了地上。我倒还好，只是摔破点皮，受的是微不足道的皮外伤。而爸爸，表面上什么伤都没有，但嘴里却一直喊着疼。我一筹莫展，对医学更是一无所知，便对爸爸说："爸爸，你送完我去学校，就去医院检查一下吧！"说完，我扶起爸爸，爸爸扶起摩托车，我和爸爸重新坐上摩托车，向学校驶去。

傍晚放学时，我看到来接我的不是爸爸，而是邻居家的阿姨。一开始，我还以为她是来接别人的呢。没想到，她看到我从校门里出来了，便跑过来帮我拿书包。我疑惑地问道："阿姨，今天怎么是你来接我啊？我爸呢？"阿姨一边走，一边说："婷婷啊，你爸去医院检查，发现骨折了，打电话让我过来接你。"我听了，顿时觉得一把剑深深地刺入了我的胸膛，刀锋划过了我的眼睛。眼睛里的泪水在打转，恨不得可以嚎啕大哭。可这是公共场合，我不得不忍住眼眶里的泪珠。

回到家，我放下书包，关上家门，躲在门背后大哭起来。都怪我，要是没有我，爸爸就不会骨折了。都是我不好，都是我不好……

每当门外的马路上响起摩托车的声音时，我就会透过门上的玻璃，看看外面是不是爸爸回来了。每当我失望地看到不是爸爸，心里就会多一份担心：是不是爸爸今晚不回来了，要住在医院里了？这种备受折磨的感觉是旁人体会不到的。

过了好久，门外的马路上又响起了熟悉的摩托车声。我便踮起脚尖，透过玻璃向门外望去，看到爸爸回来了，连忙擦干眼泪，打开门迎接爸爸。

看到爸爸回来了，我心里一块大石头终于掉了地。但看到爸爸的脚一瘸一瘸的，我的心里非常的痛。

照片背后的故事

文 / 黄鑫晨

每个人都拥有属于自己的童年,每个人都拥有属于自己的往事,每个人也都会拥有属于自己的照片。

翻开抽屉,目光停留在自己的一张瞬间留影上,脑海中不由浮现起一段往事。

那是在我 10 岁的时候,跟着妈妈去爸爸工作的地方游玩。爸爸用两天的时间带我和妈妈游历了常州的春秋淹城。刚来到广场上的时候,我被眼前的景象惊呆了。环顾四周,只见整个广场大得简直让我无法用言语去形容!再抬头瞧瞧大屏幕上,当年将士们在战场上厮杀的身影恍如昨日。我看得晕乎乎的,不禁走了神,自己仿佛就是其中的一员小将,有了一种莫名的身临其境感。

紧接着,我们上了一个旧阁楼。那里面展示着出生于当地的历代名人的石像,石像旁边刻有他们的生平简历。我们参观了一位又一位,越往里走越黑。隐隐约约间看着他们,好像这些伟人都在穿越时空和我说话似的。当我们到达最顶楼时,展现在我们面前的只有一块大屏幕,上面是近代革命英雄的形象。他们个个栩栩如生,似乎在讲述着自己的故事。由于行程比较赶,我们只是走马观花地看了一小会儿便离开了。我心里觉得很惋惜的,好不容易来一次,没有更进一步了解春秋淹城的名人。

后来,爸爸带着我们到处东逛逛西转转。无意间走进了一个小巷子,里面全是卖吃的和一些包、衣服、玩具之类的小纪念品。只听一家店铺的喇叭里大声吆喝:"样样东西都有,价钱全部一元!"我挑来挑去,只买了几张贴纸。

"咕噜——咕噜——"我的肚子唱起了"空城计"。"嗯,真香啊!"我用鼻子嗅了嗅,喃喃说道。循着香味儿,我跑过去一看,原来是铁板鱿鱼和臭豆腐的香味呀!"老板,来两串!不,来五串!"

时间不等人,我们要离开了,爸爸建议去拍照留念。我们找到了一家路边的照相店。我换上一身格格装,头上的格格帽子却总是要调皮地"跳"下来和我亲嘴。我们来到一座亭子里,对面就是一间阁楼,飞檐凌空,好不壮丽。阁楼下,一辆辆车停在树底下"乘凉"。我站在亭子的大长椅上,举起扇子摆了个动作,心里真别扭。店主一直让我笑,我勉强地笑了一笑,心想:穿着格格装就已经够别扭的了,还要让我笑,这不是强人所难吗?

我有许许多多的照片,每一张照片背后,都有一段难忘的故事,有时间我再晒晒。

不一样的妈妈

文 / 邱苏南

成绩，是妈妈拴住我的锁链；学习，是妈妈绑住我的麻绳。她时时刻刻用这两样"法宝"让我徒呼奈何。

前天，妈妈用她那犀利的目光，注意着我的一举一动。做完了作业，我想看会儿电视，轻松一下，妈妈就如鬼魅般地出现在荧屏前，严厉的目光就像一把剑刺向我。如果说，目光可以杀人的话，我早就死了上千次了。无聊时，我拿出手机，准备上QQ聊聊天。刚登录，就有人打电话来了，我定睛一看，是妈妈！我抖抖索索地按下接听键，妈妈那严厉的声音传入我的耳朵，给我布置了一大堆的学习任务。我愤愤地退出了QQ，完成学习任务。

昨天，一向神气十足的妈妈，却躺在了床上没了往日的威严，一副慵懒的样子。我放慢脚步，轻轻走过去，妈妈的眼睛一下子睁开了，原来妈妈在闭目养神。爸爸告诉我，妈妈是不小心把脚烫伤了，需要休息几天，要有人在家里照顾她。爸爸要上班，爷爷奶奶要外出干活。我正好周末，这个既神圣又光荣的任务，自然而然地落到了我的头上。

"苹果！"妈妈摇着我的手，撒娇道。妈呀，谁给我找个桶，我要吐一会儿！我将洗干净的苹果送到妈妈嘴边，谁知，她又发起了牢骚："要一块一块的啦，记住，一定要先削皮哟！"爸爸，救我呀！我快要七窍流血了呀！往日那威严的妈妈跑哪儿去了呀，现在的妈妈让我好难接受呀,整个一老小孩!我好怀念以前那个严厉的妈妈,让我做尽作业,让我饱尝酸甜苦辣咸,现在的这个妈妈简直就像还没长大的小女生。不一样的妈妈,不一样的性格,不一样的脾气,简直就是一个双面人,翻脸比翻书还快,让我难以伺候,难以适应。

但不管是哪种脾气的妈妈,她永远是那个最值得敬佩的妈妈,最疼爱我的妈妈。

真情生日

文 / 樊小颖

窗外细雨蒙蒙，我蹲坐在窗前，双手扶着脸颊，望着在细雨中穿梭的人们渐渐远去。雨的细弱无法冲去地面的尘埃，一滴一滴的雨水重叠起来，像断线的珍珠链。所有的珍珠洒落一地，成了一道美丽的风景线。不断掉落，不断消逝，就这样的连绵，似乎要永远持续下去。

寒冷的感觉袭满全身，我不禁紧抱双臂，只觉得脸颊有泪珠滑过。不知是雨滴落在我脸上，还是泪水夺眶而出。今天的生日我过得好寂寞好孤独，原本嘴角边挂起的微笑，现在消失得无影无踪。

"吱"，门被轻轻地推开了。妈妈回来了！一个念头在我脑子里闪现。我爬上床，把头蒙在被子里。妈妈轻轻地走了过来，在我身旁好像放下了一些东西。当她转身要走时，我愤愤不平地把被子一踢。妈妈捡起掉在地上的被子帮我盖上，叹了口气，什么都没说就走了。我掀开被子，床头柜上放着几本作文书，最上头放着一张贺卡。我迫不及待地打开了贺卡，上面写着："祝你生日快乐，妈妈永远爱你！"眼泪再一次湿润了我的眼眶，一滴，两滴，三滴……直到把贺卡给浸湿了。

我端着一杯茶，推开房门，昏暗的灯光下，妈妈显得更老了。银白色的发丝在灯光下显得如此耀眼。我轻轻走过去，把茶端放在桌上，用无比坚定的口吻说："妈妈，我爱您！"在镜子里我看见了妈妈，她的嘴角挂起一丝微笑。我从来没有看见她这样欣慰、这样欢快、这样意味深长地笑。也许那种笑就只属于我，这一刻也许会成为我生命中最值得回忆的瞬间吧！

岁月给妈妈带来忧愁，但从未使她的爱减去半分，我始终相信，母爱胜于万爱。

忆我的高中班主任——老周

文 / 赵登怡

良药苦口利于病，忠言逆耳利于行。我不知道如何形容您，突然间想到上面那句老掉牙的话。您的良药治愈我多年的疾病，以至于我能安然坐在这里回忆您的好。曾几何时，我不知道这良药是否苦口，但我知道它治好了我的顽疾；我不知道您的忠言是否逆耳，但它让我学会了吸取经验与教训，懂得了坚持与永不言弃。

庭院深深深几许，可知我一往情深情未了。在我最美的年华里遇见了您，是苍天对我的眷顾，也是我前世修来的福分；在没头没脑的日子里聆听您的教诲，如沐春风，我几经在课堂熟睡中惊醒。不为前世的百转回眸，只愿今生与您结识，作为您不出色而又最惹人厌的学生，我乐开了花。

2009年的金秋岁月，父亲陪我一起来到县城，来到了我魂牵梦萦的二中。已经年满16岁的我坚持一个人去报名，留下父亲无奈的背影，无声地叹息。

我来到了19班，我的班级所在的报名处。不远处，我看到的是一个饱经沧桑、脸色幽暗、戴着一副眼镜不时髦的老师，他坐在桌子一旁，面无表情地注视着来来往往的学生。于他，我人生第一次感到对老师的恐惧，或许这是我对您的第一印象。当我走近您的身旁，仔细凝视您的面庞，我分明看到了一个慈眉善目、皮肤苍老的父亲形象。横看成岭侧成峰，远近高低各不同。于您，我感到了深不可测，但是又倍加亲切。我向来是一个不与老师接近的孩子，是自卑也罢，是孤傲也罢，十多年就这样过去了。于您，我也没有抱更大的希望，我只是希望自己快快长大，逃离这个世界。

瞧瞧我们自己，多么无知。总是憧憬未来的生活，总是幻想生活在未知的世界，就这样我们稀里糊涂度过了最美年华，反而在成年之际回忆那时的幸福，可知一切都已经落幕。活在当下，珍惜眼前！这多么简单而无趣的话重复了一遍又一遍，可是我们总将它们忘记。我们这些小家伙就是不懂得珍惜，就是不知道生活，大把大把挥洒着自己的流年，任凭风吹雨打，我自安然不动。

高一那年周老师说得最多的一句话便是"我现在已经不打人了，换着以前有你们好受的"。而我却是深深体会到一个不打人的老师的野蛮，我不是腹黑族，但是我还是喜欢发发牢骚。记得上次寒假聚会，我的室友回忆起当年周老师打我的情形，可是老师早已忘却，看来在他的记忆之中，我的那次"小打"只是他微波之中荡起的丝丝涟漪。我庆幸这只是一个小小的惩戒，不然我可能会受到最冲动的惩罚。

大凡所有的老师都有一个习惯，他们喜欢从后门关注学生的言行举止，可谓对学生了如指掌，我的班主任老周就是这样的一个人。为了避免被他"偷窥"，我们多次密封后门的窗玻璃，但是又由于畏惧他的震慑力，不得不将其封条撕下。因此在没有遮掩的情况下，我被老周逮住了，事情大概是这样。

2010年1月，高一期末考试正如火如荼地进行，由于早上第一堂试我们不考，于是我们各自在教室自习。

同桌与后排感觉无聊，便相互开始闲聊，当然其中少不了我，我话多是公认的。他们觉得谈话无趣，便开始大动干戈，一个挑逗另一个，然后一个又开始袭击另一个。就在他们嘻嘻闹闹中，周老师从后门路过，我看到他严厉的目光正盯着我们，故多次提醒同桌兼后排，可是他们无动于衷。后果可想而知……

周老师破门而入，直至倒数一二排。他率先揪起我右边的一个好友，好友将眼镜摘下，于是老周就给他几个耳光。幸运的是他直接叫起我并没有打我，我心想可能是自己戴眼镜的缘故，当时真的很感谢自己的眼镜。接着他让我们四人全部走出来站在教室的过道里，聆听发落。

不久，老周走上前门的一个角落，然后喊道："你们几个上来！"

我率先响应老周号召，结果他拉起拖把棒狠狠地打在我的大腿上。一来二去，棒折成几段，老周最终放弃了打我，可能他是心疼那根棍子的缘故。然后他用力甩我的"黑大个"朋友，但是他太强壮了，老周只好放弃。最终，由我们几人贪玩引起的闹剧在同学的唏嘘下结束，而我的大腿直到休息几周才褪去红色的伤痕。

生平第一次受到严厉的惩罚，我感觉很委屈，但细细想来坦然许多。若不是当年老周的棍棒，或许我还在大学的门口徘徊，抑或我已走上社会谋求出路。

随着老周对我们的熟悉与掌握，他也渐渐适应我们的习性。我和其他两个室友几乎每天都是踏着校园之声起床的，而老周也对我们几乎是包容、不予理睬的。记得有一次，我们飞快地向楼梯跑去，谁料老周在我们的身后潜伏。

"几点了？"我听到一个中年男人浑厚的声音。

热心的室友不知身后为何人，竟开始亮起手臂查看点数，他应声道："六点半了。"这才发觉后面为老班，于是一溜烟杳无踪迹。

那时老班最常对我们说的话就是："劳逸结合，学的时候好好学，玩的时候好好玩。"我和室友坚决拥护班主任的领导，于是每天睡到自然醒，聆听校园之声踏入教室。说来也怪，老班从未责备过我们几个，这也助长了我们的嚣张气焰，每天保持充足睡眠。

我对老班最为深刻的记忆就是他的至理真言,如今的我回想他曾说过的话感同身受。"高中是人生最美的年华,是值得交一辈子朋友的地方,我们应该珍惜这来之不易的缘分,共同携手进步。小学、初中的我们太小,有时记忆不太深刻,有时不太懂得友谊;而大学、社会的朋友总是与利益相关,看似亲切,其实很现实,唯有高中的友谊才是纯洁无瑕,值得铭记的。"现在我回想当时的那段旧时光,感触良深,有那么几个可以陪你一天犯"二"的朋友是人一生最美好的时光。

无论是老周,还是老班,他始终为我们着想,他不追求浮夸,教我们一步一个脚印,逐渐走向成功。"吃得苦中苦,方为人上人。现在吃苦是为了让以后少吃苦,现在感到疼痛是为了避免以后受到更大的伤害。"老班的话朴实无华,却字字真理,让人不得不感慨。许多年前,他就是凭着自己的这份豪情壮志、这份骨气,走出大山,改变了自己贫苦的面貌。如今他将自己的经验与教训传授给自己的学生,以免他们多走弯路。

高三那年,尽管学习紧张,多数人打题海战,而我却没心没肺地靠着自己的老一套学习。我每天听着优美的旋律踏进教室,之后早读、上课、午餐、休息、上课、打篮球、自习,我每天重复着同样的事,却乐此不疲。大概是聆听老班的学习理念"玩得开心,学得自在",我似乎可以在玩中取得较好的成绩,这也惹来好友们的惊羡,而我却依然无法知足。有时候觉得自己真的贪得无厌,明明不努力却能得到别人梦寐以求的东西,而自己还想得到更多。或许人生来就有一颗贪心吧,只是有的人没有激发出来而已。我承认自己比别人少了一点点努力,但是上帝是公平的,为此它又给我磨难,让我重新体验一次高中生活。不知道我的人生与你的相换,你是否愿意。当然这只是幻想,如果真的可以,我敢交换我的前半生,量你也不敢!

那些年,我最好的年华在二中度过,二中的每个角落残留着我的气息；那些年，与您朝夕相伴的日子里，我学会成长，学会坚强，懂得了舍弃，理解了现实。那些年，我和室友经常幻想着如何刁难您，谁料老是被您看破，自讨苦吃。那些年，我们还小，尽情挥霍着青春年华，是您让我们学会了理解他人，懂得了珍惜友谊。那些年，我们把最美的青春留在校园，把最美好的怀念留给您。纵使时光迁移，您的教诲之情永生难忘，是您将我们一步一步带入感悟人生的道路，是您震撼了我们幼小的心灵，逐步开始面对现实，学会如何做一个成年人。

离开母校，与您告别已有一段时光，您的诙谐往事不胜枚举。我只怀念着您对我的"坏"，忘记您对我的好，因为我始终没心没肺。感谢您，我的恩师，伴我最美年华！

鬼马狂想曲

双生镜

文 / 宋和煦

她叫夏沫，一直以来成绩十分优异。

她，是夏沫的妹妹，叫夏莹。

夏沫清楚地记得：很久以前的一天，夏沫自己才刚刚两岁吧。母亲把夏沫叫到了身边说："沫沫啊，这是你妹妹，知道不，她叫莹莹。"母亲说着，便指着坐在她身边的小娃娃。于是乎，夏沫就这样有了一个小妹妹。

夏沫就想：我的这个妹妹，她是从哪里冒来的呢？

独生子女时代，有个姊妹是一件多么快乐的事情啊。身为姐姐，夏沫天天陪着妹妹玩，俩人一起快乐地玩耍嬉戏，无数美好的童年时光在指缝中悄然流逝。

时间如流水。转眼间，该上小学的夏沫，去了很远的学校念书，一个星期才回家一次。

可能是很长时间不能在一起玩吧，刚刚进校没几天的时候，夏沫特别想念自己的妹妹，但是，她周一到周六都要上课啊。于是，星期六星期天回家看妹妹，就成了她一周以来最大的愿望了。

呵，又一次时间快进中。

夏沫已经上小学五年级了，夏莹也上二年级了，她们俩虽然不是时时刻刻都在一起，但是每当上体育时碰面，就数她们玩得最开心了。

又是一个星期六，夏沫带着夏莹慢慢地走出了校门，坐上汽车，往回家的路上赶去。

回到了梦寐以求的家，夏沫忍不住再次爬上属于她的上床，妹妹夏莹则在下床学习。

这时，她的母亲走了过来，手里拿着两条闪烁着耀眼荧光的项链。母亲把其中一条月牙状坠坠儿给夏沫带上去说："这条项链就是你的了，这条是你妹妹的。"说罢，她母亲把那条给莹莹的链子拿出来给她看。那是星星状的小坠坠儿，对着太阳光一闪一闪地发光。

醒来之后，发现夏莹就站在她旁边，这使得夏沫不禁细细地观察起夏莹来。她发现，原来夏莹跟自己长得差不多，只不过她的眼角向上去，很妩媚。

哦吆，时间再一次快进中。

夏莹由于学习成绩太优秀，连着跳了三级，跳到了初四，和她姐姐夏沫在一个班，同一张桌子上，做了同桌。

度过了紧张的高中以后，俩人又以同样的成绩考上了同一个大学，又恰恰好在同一个班里。这是多么奇妙的一件事啊。

很快，姐妹俩都到了青春韶华的美丽年龄，两人都长得亭亭玉立，美丽动人，堪称一对美丽的姊妹花。

渐渐地，夏莹发现姐姐夏沫越来越喜欢同班的班草——胡洋。

三人经常在一起玩。不知不觉中，妹妹夏莹竟成了她们的小媒人，经常不知不觉中替她们传纸条、传口信。

看着姐姐夏沫和胡洋甜甜蜜蜜的样子，夏莹也无比高兴，有时也会莫名地跟姐姐一起喜欢胡洋。但更多的，却是一种清醒和克制。夏莹还没自己喜欢的异性，也不知怎的，对胡洋以外其他的异性，夏莹却怎么也喜欢不起来。

其实，这里有一个惊天的秘密：这对姐妹源自一个遗传基因！除年

龄外,她们长相非常一致,比同卵双胞胎还要相像,她们俩是克隆姐妹——她们的父母就是从事克隆技术的专家,那个妹妹——夏莹,就是夏沫的克隆妹妹。

最近,这对父母发现:这个克隆虽有好处,但也有坏处。好处,是这个克隆人头脑发达,与克隆原体非常相像,就连思想感情也惊人地一致。坏处是这个克隆人在度过青春期后,就要进入衰老期。这是一个惊人的发现!

于是,为了让妹妹夏莹更多地享受人间的天伦之乐,父母让夏沫、夏莹这对姐妹休学一年,全家人去了一个偏僻的山村里,返璞归真,多陪陪夏莹,好好度过她那最后的日子。

这一年来,全家人陪她们开始和像小时候一样玩耍嬉戏,直到那一天的到来——她们的缘分尽了。

那是一个晚上,姐妹俩刚刚购物完,准备回家,夏沫忽然感到腹部一阵痛,便跑进了离他们最近的一个药店去购买止泻灵。忽然,一辆汽车疾驰而来,来不及刹车,撞到了一起去买药的姐姐夏沫和妹妹夏莹!

医生悲伤地宣布了姐姐夏沫心脏停跳、妹妹夏莹脑死亡的消息。

而就在住院间,妹妹夏莹迅速地衰老——她的身体发肤几近90岁的老人!但医生却惊奇地发现:妹妹夏莹身体内脏却依然年轻!

于是,这对伤心的父母决定:把妹妹夏莹的内脏捐献移植!这些宝贵的器官救活了5个人的生命,这其中,妹妹夏莹的心脏移植给了姐姐夏沫。

从此以后,姐姐夏沫脖子上的项链,除了那个月牙儿坠儿,有多了一个亮闪闪的星星坠儿。

再后来,夏沫和胡洋结婚,幸福地生活在一起。只是,姐姐夏沫跟胡洋在一起的时候,有时候总在不自觉地在克制自己的情感。有时候,夏沫摸着那串月牙和星星的项链,总是不断地在想:我到底是夏沫,还是夏莹呢?

不是秘密的秘密

文 / 姜静哲

夜晚,万籁俱寂,天空繁星点点,只有远处小河"哗哗"的流水声,青蛙在河里开着演唱会,一切都是那么美好。可是在这幢房子的小床上,朵歆翻来覆去怎么也睡不着,她想着老师布置的作文——《父女情深》。

朵歆天资聪颖。一岁时就会说话,两岁就会加减法,现在她才四岁,就已经上小学了。各科老师都很疼爱这个小精灵,经常把她抱在怀

里上课，一抱就舍不得放下，可谓爱不释手。就因如此，班里的女生对朵歆那叫一个羡慕嫉妒恨啊。她们都知道，朵歆是单亲家庭的孩子，从来没有见过自己的父亲，怎么来写这篇作文？放学时，女生们不时瞟着心事重重的朵歆，窃窃私语，不经意间流露出的得意神情，仿佛在嘲笑朵歆一般。

回想起这些，朵歆悲伤欲绝，一滴，两滴，三滴……一滴滴泪珠夺眶而出，染湿了枕头又染湿了被角。

远在绿星球的天马行空，正和同事们商讨公事，突然，他一阵眩晕。他，究竟是怎么了？又有什么事要发生了呢？

朵歆带着悲伤进入了梦乡，眼角仍挂着未擦干的泪痕。远处，似乎有一个小黑点闯入了她的梦乡。他，就是天马行空！朦胧中，朵歆似乎看见了四年前，一个产妇在产房里痛苦地呻吟着，一个满面红光的男人——哦，不，应该说是那位产妇的丈夫正焦虑地等待着。哦！这太不

可思议了,那个产妇是妈妈!那个陌生但又如此熟悉的男人难道就是我的爸爸吗?

"我们就给她取名叫朵歆吧。"

朵歆一激灵,从床上滚到了地上。她喊出了声:"爸爸!爸爸!"这时,天马行空慈爱地看着朵歆:"朵歆,对不起。但是我必须告诉你,你是我的女儿——天马朵歆。我们不是地球人,是绿星球的人。"朵歆大脑里不自主地浮现出一幅画:那是一颗绿色星球,基本是森林的天下,郁郁葱葱,没有任何污染。波光粼粼的溪水在太阳的照射下,闪出一道又一道的金光。一缕缕晨雾将整个星球点缀得如诗如画,如梦如幻……

天马行空抚摸着朵歆的头,将她小心翼翼地抱到床上,"我们的智商和地球人差不多,但普通人类的大脑只开发了5%,即便地球上最聪明的爱因斯坦也才不过开发了10%,而我们绿星人的潜力都开发了90%左右,所以你才会连跳四五级,被地球人誉为'天才儿童'。在绿星球,这不足为奇。更重要的是,我们就像动画片中的超人那样,拥有超能力,上天入地,无所不能。我想,你一定会怪我为什么要生下你,却要和你天各一方,那是因为我们的使命——让只知道乱砍滥伐、只会无节制向大自然贪婪索取的地球人明白环保的重要。朵歆,你一定要帮爸爸完成这个心愿,这也是你到地球的任务。对你来说,这已经不是秘密了,可对其他人来说,还是一个谜。我把一切都告诉了你,你就可以不用为写作文犯愁了。小朵歆是有爸爸的孩子,我祝你永远幸福,爸爸会一直默默关注着你的!"说罢,此刻早已热泪盈眶的爸爸把一张自己的照片轻轻放在朵歆的手上,依依不舍地离开了她的梦境。

"爸爸,爸爸……"天马朵歆一下子惊醒。她竭力告诉自己这只是个梦,可手上仍带着体温的照片见证了这不是秘密的秘密。

汪汪圆梦记

文 / 王峥

天狗汪汪正在拼命赶路。

一个月前,它接到通知,说9月20日这一天轮到它去吃太阳,但它必须在中午12时准时开始吃,迟到的话,就不会再有第二次的机会。

汪汪是天狗族中最年幼的一只,它等待这个机会已经很久很久了。

还记得当时好友强强失败后,所有人都对它指指点点的:"看哪,这就是那只失败了的天狗!"——连强强的父母也摇摇头,对强强失望至极。

时间一分一秒的过去,汪汪的脚步却越来越慢——它累了,太远了,它有点跑不动了。"不行,这个机会我等了那么久,今天终于要实现了,我可不能轻易放弃!"想到这里,汪汪就又开始赶路了。

谁料就在汪汪专心赶路时,半路杀出个程咬金!

"你个该死的强强,你来干吗?不会是因为你上次失败了,现在又来抢我的吧。"

"哼,算你聪明,念在我们曾经是朋友的份上,我饶你一命,你快回去吧。""绝不!""汪汪汪汪……"它们俩打起来了。

汪汪毕竟还年幼,这场决斗它自然占了下风。"再这样下去可不是办法,强强必定会把我打的七窍流血,看来必须智斗。"看到眼前的悬崖,汪汪眼前一亮:"强强,对不起了,谁让你不念旧情呢!"想着,汪汪向悬崖跑去,强强在后面穷追不舍。本来强强可以直接向太阳跑去的，可是，为了永除后患，它还是追去了。"汪！"强强一个刹车不住，摔下了悬崖……

此时，汪汪早已筋疲力尽，离中午12时也越来越近，可离太阳还有一段路呢！"汪汪……"汪汪仰天狂吠了一阵，使出自己全身的力气向前奔跑。50米，40米，30米，20米，10米……离终点越来越近。

"汪！"终于到了！汪汪扑向太阳，张开大口就要啃。

就在汪汪咬下去的那一瞬间，"嗖"一支箭射了过来，汪汪听见风声，赶紧向右一闪，躲过去了。抬头一看，原来是保卫太阳的天兵天将。

汪汪这才想起以前好像听前辈们说过,要想吃太阳,还得过玉帝设的关卡。想必这天兵天将就是第一关!想到这里,汪汪不敢大意,绷紧了神经,赶紧做好战斗准备。

"嗖!"一名天兵又向汪汪一箭射来。汪汪一个后空翻,躲过了那一箭。这时另一名天兵拿着剑,向汪汪刺来,汪汪机灵地从这名天兵的胯下逃走了。

虽然后来经过一番打斗,汪汪凭借它的智慧和勇气,让天兵们甘拜下风不敢再纠缠,可汪汪还是警惕地望望四周,不敢有一丝大意。突然,四周冒出了许多美食,还有一根超级大骨头,馋得汪汪口水直流。

刚想要扑上去把那些美食吃个精光,汪汪又退了两步:不对啊,不是让我来吃太阳的吗?怎么会有这么多美食让我吃,这里面会不会有什么陷阱,机关?想到这里,汪汪咽了咽口水,竭力克制住自己,努力让自己不受美食的诱惑,迅速冲向太阳。这时,不知从哪里冒出了一个古怪的声音,虽然听着不舒服,但它说的内容,却让汪汪开心极了:"恭喜你,汪汪,你通过了诱惑之神这一关,同时,你也过了我设计的所有关卡,你可以吃太阳了!"汪汪一蹦三尺高。

向太阳进攻……

"呃!"汪汪打了个嗝,吃饱了,它感觉身体里有一股力量即将爆发出来:"这难道就是前辈说的……"

汪汪终于如愿以偿地成为了天狗族最厉害的猛将之一。

分不开的友谊

文 / 宋明洁

在和平安详的森林王国里，住着一对快乐幸福的好朋友——猴子欣欣和袋鼠欢欢。

然而好景没有持续多久，森林中来了一位巫婆魔魔，她用魔法把这对朋友拆散了。她把欣欣关在铁笼里，封在森林深处最高的山上，并对欢欢说："若想救你的朋友，就必须找齐"五行"钥匙，找到后把它们插在铁笼的5个面，它就得救了。时间只有3小时，如果超时，嘿嘿……接好了，这是路线图。"

欢欢不敢耽搁，立刻乘着小木船出发。它来到海洋东区，穿上潜水衣游着游着。突然它看到了一块发光的石头。一条鲨鱼游过来说："传说有一个宝物藏在这块石头下面，不知是真是假。"欢欢心想：会不会是"火"钥匙呢？于是搬开石头，一看果不其然。

随着路线图，它又来到了北区。因为游得太急，被海藻缠住。它使出吃奶的劲拉，功夫不负有心人，终于海藻被它扯断了，并变成一把"水"钥匙。

不一会来到了西区，它一边游一边找，因为太累便靠在珊瑚上睡着了，时间一分一秒地过去……突然，一阵呼喊声吵醒了它，原来是一只海马，它说："欢欢，我是海洋魔术师，从水晶球中看到了你的遭遇。我把魔术棒送给你，它是'木'钥匙变的。"欢欢谢过后继续寻找剩下两把钥匙。

最后它来到了南区,在浩瀚的大海中茫然地寻找着。眼前一亮发现一个木箱,但怎么也打不开。眼看着只剩下 20 分钟了,"滴答……滴答……",伤心的泪水滴在了木箱上。突然,一个白发老公公出现在它面前,慈祥地说:"孩子,你为朋友的付出让我感动,是你用真诚的眼

泪唤醒了我,我决定帮助你。"说完递给它一把"金"钥匙,自己化身成为"土"钥匙。

5把钥匙终于集齐,欢欢高兴极了,擦干眼泪乘着小木船向森林划去。然后直奔山顶,赶在最后一秒前将铁笼解封。小哥儿俩牵着手,抱在一起欢呼雀跃。

当听觉离家出走

文 / 王璐瑶

> 乐谱上的一个个音符在我的眼中已化成泡影,在无声的世界里寻找美妙的旋律。
>
> ——题记

双耳失聪对于我来说是个难以面对的事实,那天我的听觉离家出走了——

妈妈掀开被子的时候我还在酣睡,睁开眼睛,睡意依然朦胧的我顿时觉得陷入了一个深渊。眼前的景象让我难以置信,妈妈在表情夸张地张大着嘴。可是,我却什么也听不见。难道是我失聪了?我想让思维停止,不想让可怕的悲剧发生,可自欺欺人改变不了事实。妈妈得知了这个噩耗,整天以泪洗面,她带我四处寻访名医。可这是绝症,是没有奇迹发生的。我只有这样,在无声的世界一天又一天……

寻思着想要做一些事情,可我真的是心有余心而力不足。能与钢琴接触,能看见黑白相间的琴键,用指尖轻轻划过,"多来米法索拉西",这清脆悦耳的声音,可我却听不见;拨动有弹性的琴弦,只能看见琴弦在上下来回地顽皮跳动,可我还是听不见……每个声音我只能去挖掘埋藏深处的记忆。

走进房间,触摸屋顶的风铃,声音可以组成交响乐,而我只能把遗憾留下。人活着总不能坐以待毙，风雨过后才能见彩虹，都说乐观点好，乐观点好！对啊！命运的斗士海伦·凯勒不也是双耳失聪、双目失明的吗？她也是坚强地走过一生，我相信我也能！

　　难道这就是我宿命？但老天夺去我的听觉也肯定是有目的的，乐观地想：那是老天在给我一个锻炼的机会，就让我在逆境中去成长吧！我要寻找到无声世界最强音，即使听不见也可以用心感受。但过不了几天我便忍受不了这样的痛苦，在这无声的世界里度过的每分每秒都是痛苦煎熬，我想拥有听觉。我不想打开电脑，打开QQ音乐，却听不到美妙的歌声；我不想打开电视，看着屏幕，却只能欣赏哑剧。听觉，快回来吧，我不会再把音响的音量调到最高，让你受刺激了。我能理解你的苦，但现在的我比你更苦！

　　"起床了，起床了。太阳晒屁股了！"妈妈又在声嘶力竭地吼叫。揉着惺忪的睡眼，发现妈妈的叫喊声真是悦耳无比，我忍不住抱住她亲了一口。只听妈妈愕然地嘀咕着："这丫头疯了……"我傻傻地乐着。

口头禅王国轶事

文 / 唐婷婷

在浩瀚无际的宇宙中,有着一颗小小的星球,那里住着口头禅王国的大兵小将们。

口头禅王国有一个分清等级高低的方法:只要在人类世界里被用到一次,就会加一点儿经验。当你一级的经验积满的时候,就会升一级。当你飞升到一百级的时候,就可以取代国王的位置了。

这一天,口头禅的国王"哦"穿着便衣在微服私访。他在大街上走了好一会儿,看到居民们都已经安居乐业了,感到心满意足了。走着走着,国王听到了一些吵闹声,便走过去看一看。

原来有两位国民在街角那边吵架,事情是这样的:

这天，两个口头禅撞到了一起，他俩死活都不肯给对方道歉，就吵了起来。口头禅"凭什么"说："凭什么你不给我道歉，我在人类世界里经常被用到，已经达到两级了。你只不过还是一个两级都不到的'小角色'和虾兵蟹将而已，应该是你跟我道歉才对！"口头禅"不是我的错"不服气地说："我的个亲娘啊，明明是你撞到我，不是我的错，为什么要分等级来道歉呢？不管是谁犯了错，都必须承认自己的错误，从而得到进步。如果大家都像你一样，只分贵贱，不分对错的话，以后当上国王也治理不好整个国家，肯定会有很多人非议你的职位的！"

……

就这样，他们一直从早上吵到了现在。

国王"哦"站在一边听了他们的对话已经好一会儿了，觉得"不是我的错"说得很有道理。如果当上了国王只有等级高，没有好的道德品格的话，要么这个王位保不住了，要么这个国家被糟蹋得一团糟。

思量片刻，国王站了出来，说道："哦，这样吧，你们双方同时道个歉不就好了嘛？"

他们听从了国王的吩咐，一起向对方道了歉，成了一对亲密无间、形影不离的好朋友。他俩也合并成了新的口头禅——"凭什么不是我的错呢？"

荒岛惊魂

文 / 姜静哲

一觉醒来,我发现周围的一切都变了样,前面是一望无际的大海,后面是一大片树林。怎么回事呢?我怎么会到这里来呢?

我记得我乘了赫尔到非洲的轮渡,还有,还有……对了!半路我们遇到了飓风,船长便极力联系塔台,求助支援,至于后来发生的事,我便一无所知。应该是海浪把我带到了这里。在岛上转了一圈,猛然发现这里荒无人烟,就是个荒地。前所未有的恐惧涌上心头,难道我要在这荒岛上度过余生吗?

岛上寒风刺骨,冰冷的双手插入裤袋中想暖和一下。咦,这四四方方的东西是什么?手机!幸好是三防机的,一点事儿也没有,真是不幸中的万幸。我急忙先打个电话给妈妈,向她报个平安。爸妈听说我的遭遇后,痛哭流涕,老两口就我这么一个儿子,可现在……

情急之下,爸妈报了警,经历了千辛万苦,警察终于和我联系上了。"鲁滨逊先生,请你不要挂电话,我们正在使用GPS定位系统,请配合我们。"警察就是警察,遇到什么事都处变不惊,力挽狂澜。"嘟……嘟……"完了完了,手机没电了,它怎么在这个危急时刻罢工了呢?气死我了。也不知警察的定位系统查得怎么样了。

电话另一头的英国,警察已经乱作一团了,初步鉴定,我的位置在非洲与欧洲交界处的赤道上的一座小岛上。

"咕咕",我的肚子饿极了,在岛上转了一圈,发现只有一些似苹果非苹果、似橘子非橘子的"二不像"。我饿得发昏,两眼直冒金星,不管三七二十一,摘下一个就啃。可真倒霉,上帝为什么让我吃了这么多苦呢,还要被困在这么一个荒岛上?转念又想:天空不只有蔚蓝,云朵不只有雪白,草木不只有碧绿,花儿不会永远绽放。从牙牙学语到垂垂暮年,有几个会是一帆风顺?换一种眼光去看待生活的坎坷与痛苦,也许吃苦也是一种幸福呢!

晚上,我找了一棵最茂盛的树,爬到树上,浓密的树叶把我完全遮蔽住了。

"鲁滨逊,鲁滨逊!"早晨,我被警察的叫声惊醒了,原来他们沿着周边每一个岛屿找了一整夜,终于找到了我的小岛上。顾不上收拾披头散发的邋遢形象,我一骨碌爬了起来:"警察大哥,我在这儿!我在这儿!"警察听见叫声连忙赶了过来。感谢上帝,感谢真主,感谢佛祖,我终于获救啦!

金窝,银窝,不过自家的草窝,回家的感觉真好啊!我发誓以后再也不去航海了,还是安安心心窝在家里舒坦。

能吃是祸

文 / 宋明洁

我吃，我吃，我吃吃吃。哎呀，今天实在是太饿了，我吃光了全世界所有的零食，零食厂里都来不及生产了。可还是饿得很，于是我搬起桌子、椅子、床……把家里吃了个精光，只剩下空壳，这才满足地摸着肚皮打起饱嗝。

昏昏沉沉中忆起暑假的最后一天，我去蠡园游玩，看到一位老婆婆坐在公园的板凳上独自哭泣。我走近她身边想一问究竟，老婆婆边擦拭眼角边抽噎着对我说："小姑娘，你有所不知，我儿子因为经常偷东西，被警察抓走了。你说我就这么个儿子，现在他锒铛入狱，我孤苦伶仃能不伤心吗？"不忍看老婆婆这么悲伤，于是我吸了一口气，把老婆婆的伤心吃掉了，那味道很苦很涩。老婆婆的脸上立刻绽放出灿烂的笑容："小洞不补，大洞吃苦，让他接受点教训也好！"然后春风满面地哼着小曲走了。

终于开学了，不幸的是一开学就考试。同学们个个愁眉不展，都病恹恹的。为了不让以往充满欢声笑语的教室变得死气沉沉，我张大嘴，一口把同学们的烦恼全吃下肚子。咸咸的味道让我冲到小卖部，至少喝了10瓶大罐装的可乐才缓过来，撑得我的肚子鼓鼓的像个大皮球。

　　下课后，君君和明明两人为了到底谁先过了"三八线"而争吵起来。明明说是君君先过的，她的衣角过了线；君君说是明明先过的，他的书本过了线。有些热心的同学过去劝架，反而被他们掉转枪头，"喜迎"一场口水大洗礼，哎，真是热脸贴上冷屁股。我当然看不下去了，同学之间应该和睦相处，怎能为一点小事而伤了和气？我三步并作两步走过去，一口气把他们的怒气吃光了。抿一下嘴，嗯，辣辣的，害我直吐舌头。

　　他们俩倒是和好如初，可我的肚子就遭罪了。那伤心、烦恼、怒气在我肚子里翻滚打架，疼得我"哎哟……哎哟……"直叫唤。做好人怎么也做错了？我委屈地想着。这时爱说爱笑整天乐呵呵的欢欢一蹦一跳地过来了，真是天无绝人之路，我立刻吃掉了她的一点点快乐。甜丝丝的味道，如同一剂良药化解了肚子里的"战争"，我的肚子不用受罪了！

　　"好饿，好饿……"我又叫嚷着要吃东西了，一口便把剩下的房子吞了下去，今晚我们全家可要露宿街头喽。

发丝的自述

文 / 邱苏南

我生活在主人的大脑皮层中，整天除了吃就是睡，从来不理会其他的事。

这次，我吃饱了，闭上眼睛就睡，还没睡着，耳边隐约传来阵阵吵闹声。我睁开眼，炽热的阳光灼伤了我的眼睛。我用一只手遮在眼睛上方才看清了四周：一根根又细又长又黑的"柱子"在我的四周摇摆。我再低头一看，我自己也变得和它们一样。呵呵，终于长出来变成头发了。

"你终于醒了，"一个甜得要腻死人的声音在我耳边响起，"你已经睡了Ｎ个月了。"我睡多久关你什么事，我偷偷在心底嘀咕了一声。自打我长出主人的大脑皮层的那一刻，我就决定：睡自己的觉，让别人说去吧。

正准备继续睡觉时，一把粉红色的大梳子进来串起了门儿。它在我们中间游走，将缠绵在一块儿的发丝分开。接着，五根修长的手指把我们扎成了一个马尾辫，绑上头花。然后主人将扎好的头发轻轻一甩，发梢打在了主人脸上。主人脸颊上漾起小酒窝，镜子中的她，笑得甜甜的。而我却被甩得头昏眼花，差点脑震荡。

主人背上书包，一蹦一跳地向学校跑去。我随着同伴们，在主人身后玩起了蹦极。一阵微风吹过，我在空中跳起了优美的华尔兹。舞姿再美,可是头好晕哪!我撑着脑袋,紧紧拉着书包的带子,生怕主人一不小心,将我甩了出去,那我可就无家可归了。

终于到了学校,主人终于可以停下来了。我软绵绵地趴在主人肩上,呼吸着新鲜空气:"终于可以喘口气了……"还没说完,主人又用力一甩,将我们甩在她的身后。好痛苦,每天这么被主人甩来甩去,我迟早会命丧她手。我一脸苦恼,可看其他头发好像习以为常的样子,每天被主人这么折腾,不痛苦吗?我心中泛起一丝的疑惑。

老师在黑板前讲得唾沫横飞,主人在下面玩起了小剪刀。突然,她一把抓过我,在我身上剪了几下,我碎成几截飘落到主人的大腿上,滑落在地面上,停留在剪刀上。不要啊,为什么倒霉的总是我!其他头发同情地看着我。

"兄弟,节哀顺变吧!"

"被折磨的道路是漫长的。"

"牺牲你一个,拯救了大家!"

……

听着一句句出自"肺腑"的话,我气得牙痒痒。"哒哒哒……"老师踩着她的高跟鞋,走到主人面前,一把夺过主人手中的剪刀,毫不留情地将主人拎了出来。

我转过身,趴在剪刀上,怜惜地看着主人……

"主人,我不想离开你!"

七月流火 八月未央

文 / 吴涵彧

> 谁是谁的如花美眷。谁错过了谁的似水流年。
>
> ——题记

苏繁锦

七月流火。

我只是隔着窗凝视着楼下繁华的长安,于是所谓是纤手破新橙的指尖,猛的被针尖刺了一下,我的心也狠狠地紧了一下。偌大的长安城,如何才能在人海里找到他呢?不过是一厢痴愿罢了。

"苏姑娘啊,该是您上场了吧!各位小爷都等着呢!"门外老妪的声音刺耳地紧。

"嗯。就来。"

我娴熟地着上青衣的妆容,虽显青涩,但眼角的顾盼生姿间,却也有些风韵。他说过我不要上这么浓的妆才好,伤脸,素面朝天是最好的,有一种病态的美。但我还是抹上厚厚的胭脂,一抿朱唇。当窗理云鬓,对镜帖花黄。最后,那些总是低着头的丫鬟们小心地给我着一袭花影重叠的衣。

"下面这位苏姑娘啊,可是咱们长安有名的青衣啊!各位小爷赏个脸!"然后台下便是此起彼伏的起哄声。每每都是这样,我早已习惯了。

出场前，我微微上扬的眼瞳最后一次注视着那本翻得都走了样的《诗经》，七月炎热的风席卷着长安，我浑身灼烧着似的却不得不化着拙劣的刺痛了眼的妆，裹着厚厚的戏服，在台上千娇百媚，演绎着风情万种。

一曲游园惊梦，终于是罢了。

当我轻盈地翩跹下台时，听见有一个浮躁的声音在天的上方久久不散："戏子！也就是一个戏子！装什么清高！"

回眸一扫，我的眼里射出了一把又一把的小刀，直插进那个人的眼里，他惊恐地看着，突然没了声。

我就是戏子。我就是戏子苏繁锦。

七月流火。八月未央。

呵呵。一个戏子苏繁锦在繁华似锦的长安城里为那个不知道是消失了还是从未出现过的人，唱一曲青衣。

叶未央

我为皇上抚琴。宽大的袖袍流云一般的掠过琴弦，叮叮咚咚地奏出高山流水之曲。

我想到了《诗经》里的一句：七月流火。是啊，天气实在是热的很。我却套着宽大的礼服，一副笑容继续面不改色抚琴。有时心思会去向别处，眼神从一个个舞女身上扫过，都是花季的女子啊，怎的落个进宫来的结局。她们的结果无非两种：受宠，死去；被冷落，死去。

到头来，都不过是一场光影之下繁华落尽的盛大筵席。

这些佳丽三千，都不敌翠微楼中的那个青衣女子。

那年。我青衣一身，迷迷糊糊就走进了翠微楼，迷迷糊糊的，又走进了她的屋里。她正懵懂地插一根白玉簪子，看到我进来，慌了神，簪子也丢在了地上，人也摔在了地上，满头的青丝忽的散开来，满溢了我一个盛夏年华。

"傻。"我表情僵硬地撩起她的一根发丝，不禁笑了。她就用那重重叠叠的袖袍小心地遮住脸，半只丹凤眼微微上扬地打量着我，像只小狐狸。我展开折扇，抬起她的下巴，又用指尖像触摸文物般的拂过她的眼角，转身："少用这般拙劣的妆，伤脸。"

我小心地帮她关好那镂空的门。从袖子里拿出一袋子的金子，甩到那个又老又丑的女人的桌子上，说："我要到你们这儿弹琴，专门为那位青衣女子奏曲。"

我知道，她叫苏繁锦。

我知道，她是个戏子。

她总是眼角包着一汪泪斜倚门框念叨："我是戏子苏繁锦。我是戏子苏繁锦。"我说她这是一种病态的美，她又欢喜地笑起来。有时候，当繁华的长安最后一盏灯火熄了，我就会带她一前一后徘徊在翠微楼里，隔着闪烁着光影的屏风，我叫："苏繁锦。"

她就软软地应："诶。"

八月未央。

我要回宫了。为她抚琴，抚了一月。是否够了？我教她念，七月流火，八月未央。她问，八月未央是什么意思啊？我垂眸，浅浅地笑了，八月未央的意思，就是我要走了。

那天我说去为她买一个纸风车，她在柳荫下低眉浅笑，自以为欢喜地看着我一咬牙拐过了那条小巷。

苏繁锦

那本《诗经》,他忘了带走了。

叶未央。

好陌生的名字。当他拐过那条一年四季都滴滴答答的小巷时,我还满心盼着他会给我带一个像他一样好看的纸风车回来,可到了夜幕低垂,都未见他的身影,雪,在七月的灼热里,却下了一夜。我伴着雪,穿着戏服,眉眼带笑,舞了一个晚上。

她们都说我中了邪,离我远远地,天天近在咫尺却远隔天涯。命里有时终须有,命里无时莫强求,得知,我幸,失之,我命。

我在一个很美很美的八月痴痴地笑着,素面朝天,唱着舞着,舞进了那个深不见底的湖。我的身子变得很轻很轻……

当水优雅地席卷了我的全身后,我想起在我韶华正好的时候,遇见过一个少年,他在我羞涩地回眸看他的时候,吟上一句:"回眸一笑百媚生。"

八月未央。

那是离去的季节,那就一起离去。

七月流火。八月未央。

写给超人的一封信

文 / 朱佳文

尊敬的超人先生：

我是仰慕你的朱佳文，最近过得如何？没什么话可说，咱们就唠唠家常吧。

首先我得提醒你，在大街上走的时候，可别再把短裤穿在外头啦。要是被警察看到的话，准会罚你款。假如你还不知悔改的话，那警察一定会罚到你破产！

不过我们市长倒是不再为你把短裤穿在外头而生你气了，因为他聘请的这个新任城市保卫者——蜘蛛侠实在是太差劲了。上次，我们的呱巴拉博士中了毒，变异成了老鼠人。市民们尖叫连天，抱着头窜来窜去。而他呢，喝完了下午茶吃烛光晚餐，吃完了烛光晚餐吃宵夜。然后，好不容易让大家盼来了他，结果他发现蛛丝没带，又优哉游哉地去拿。大伙儿等了大半天也不见他人来，原来他是半路上做SPA去了。最后，还是柯南打了数十针麻醉药把变异人麻醉了，并且让他喝了解药的呢。

后来，蜘蛛侠被炒鱿鱼了，咱们大伙儿非常高兴。谁知这个新来的更不得了，他就是蝙蝠侠。他工作非常认真，可问题就是他白天不肯工作，非要晚上才可以保卫城市，因为他是"蝙蝠"侠嘛。

所以，尽管你把内裤穿在外面，可这也不妨碍你的形象；尽管你没有超炫的武器，可你的拳头力量也是不容小视的。我们大家还是希望你回来的。你可以和蝙蝠侠合作，他负责夜晚工作，你负责白天工作。你俩就可以都睡个安稳觉了，问题是工资减半。

对了，到地球做客，一定别忘了去探望亲戚，小志（林志颖）和小小志（Kimi）是你隐藏在人间的亲戚哩。他们也是超人，而且非常的低调，你去的话他们一定非常高兴。你可以教他们飞行，这样完成任务的时候就不会太累了。

Superman，冲刺吧！飞翔吧！祝你天天有乐事！

你的朋友：朱佳文

2014年2月4日

眼族之反击

文 / 吴佳宁

博厄斯曾经说过：眼睛是灵魂的窗户。但是由于我没有好好地去保护我的眼睛，让这扇窗户蒙上了碍眼的保护罩。它竟然小题大做——去大脑法官那儿去告我了，真是可悲呀！怎么会养了个这么狼心狗肺的眼睛呢？

我坐在被告席上，一脸无辜地看着法官。眼睛倒开始向我发难了："小主人，都是你不好，害得我近视了，看不清东西了，都怪你……"我被激怒了，火冒三丈地对它说："喂，我头上那个朋友，你不要血口喷人哪！我什么时侯对你不好了？我每天让你博览群书、见识世面，哪里亏待你了？真是忘恩负义！"

眼睛气急败坏："老师说写作业的时候要有三个'一'——一尺一寸一拳，小主人你做到了吗？若非小主人你平时离作业本这么近，我又怎会'身负重伤'？"

"你……你气死我了！哼！"我把头发一甩，差点打到大脑法官。

大脑法官看不过去了，惊堂木"啪"地一敲，开始发话："好了，好了，你们也不要再吵了，就让我来给你们评评理吧。"

"你呢，"法官手指着我说，"你让眼睛博览群书是好习惯，值得表扬。"我朝眼睛得意地点了点头，法官又说："但是，你也有一个坏习惯，你看书的距离太近了，没有注意到保护眼睛，你要……"没等法官说完我就打断他的话说:"说到看书我真是气不打一处来,每次我晚上看书的时候,一看到精彩之处,眼睛就吵着要睡觉,让我看不成!"

"瞧,这也是你的坏习惯,每天看书看那么晚,眼睛也会累。所以你每天看书不能再看这么晚了,知道吗?"我像小鸡啄米似的点了点头。

咦,那是谁?远看像驼峰,近看俩窟窿。眼睛竟然把鼻子也拉来了,乘机又给我加了条"罪名":"就是因为小主人不爱护我,才让可怜的鼻子老弟整天被眼镜骑着走,天长日久连背也驼了。"可恶!我对它俩嗤之以鼻怒目而视,却发现它们早已罢工。难道真的是我错了?

识时务者为俊杰,反省之后,我诚恳地向眼睛摘镜请罪。好在眼睛通情达理,大度地原谅了我。我如释重负,真是我的好眼睛,我一定会好好保护你的!

半瓶水的自述

文 / 吴佳宁

我，哺育一切生灵的乳汁，静静地躺在大河的怀抱里，鱼虾吮吸着我，风儿撩拨着我。我，就是水。

直到有一天，我被人类抽出来，装在了瓶子里销售。从此，我的新生活便开始了。

一个星期后，我就被一个男人买走了。我开心极了，终于可以去造福人类了。我满怀期待，被喝进了肚子里。可那男人居然还嫌我寡淡无味，才喝几口就随手把我扔在了包里。我静静地在这黑暗的地方躺了好几天，主人似乎早已把我给忘了。我欲哭无泪，难道人类就是这样对待水的吗？如果人人都这样，那世界上最后一滴水就真的是人类的眼泪了！

这天，主人要去沙漠旅游。他买了好多好多饮料，都塞进了包里，各位兄弟姐妹都和我躺在一起。我看看它们，一个个都是五彩斑斓的身体，被装在了很精致的饮料瓶里，显得那样高贵。而再看看我，透明的身体，普通得不能再普通的外衣。这让我更加无地自容，我不敢再看它们。

沙漠终于到了，火辣辣的太阳毫不留情地烘烤着大地，可怕的大风肆虐地吹起漫天的黄沙，巨大的仙人掌如同战士一般保卫着这荒凉的边塞恶地。这样的景象，真让人望而生畏。

在沙漠不比在家中，主人那豆大的汗珠如雨滴般从额头上不停地滚落下来。他拿起一瓶又一瓶的饮料喝了起来，但是它们一点儿也不解渴。不到一天时间，就已经喝得所剩无几了。终于，兄弟姐妹们都"英勇牺牲"了，又只剩下了我。真不知主人会如何对待我，是丢弃在一边，还是把我喝掉？我这样静静地想着。

这时，主人的手又伸进了包里，他拿出了我，但流露出的是一脸的不满。他摇了摇头，真恨不得把我扔掉，但还是把我放进了包里。然后就走向了沙漠便利店，想去买一瓶饮料。可是那商家报出的是一个天文数字，如果现在买了水，回家就没钱了。唉……突然，主人眼前一亮，又想起了我，现在他的反应和刚才简直是判若两人。他很庆幸刚才没把我扔掉，他终于体会到了我的珍贵，体会到了我的重要。

于是，我又一次怀着远大的理想，一点一点地在主人的嘴巴里消失了，消失得那么彻底。但是在生命的最后一刻，我却让主人懂得了珍惜水。我这一生，值了！

自然物语

瞧，这棵树！

文 / 刘丰源

那天的太阳是帕瓦罗蒂的太阳，暖暖的照在我身上。风，从春天的胳肢窝里很抒情地溜出来。天，蓝得让人心疼。春光，"咔嚓咔嚓"地被我拍上了底片，手中的相机，鸟儿一般在春光里荡漾。

在河堤上缓缓骑车驶过，突然，我的目光被一株树牢牢吸引住。我"噌"的一下从车上下来，把镜头对准了它，焦距调到令人激动的程度——这是怎样一棵树啊！

只见它的根系完全的裸露在外面，盘虬卧龙般地伸向有着泥土的地面，只要有一点泥土，马上便深深地扎进土里，获得生存的一丝缝隙。抬头向上，整个树干凌空地悬在河堤的横断面上。乍一看，它似乎要跌进深渊，仔细一瞅，方知它伟岸的身躯正如利剑一般直射蓝天，欲倾的姿势，是另一种崛起。几只鸟儿，正口衔草枝在它发间筑巢。看样子，这棵树已在这里定居多年，历经凄雨苍霜而岿然不倒。它悬空的模样，在大地的这张稿纸上挺拔成一行警句……

镜头忽然阴暗起来，几朵乌云飘来捉起迷藏。转眼，便春雨绵绵，细细的雨丝密密斜织着，天地便白茫茫，白茫茫……树的影子也朦胧在湿烟里。恍惚里，我看到一个个新芽拔节冒出，欢笑着，成长着，不断向上，只要活着，就要向上，再向上……

润湿的空气里，飘来一缕清新的香气。我低下头，轻嗅着新叶那醉人的馨香,那香味已渐渐地朦胧,升腾,在天地间,散开,弥漫。

瞧,这一棵树!
生命就在这里,我见识树的经历;
不屈就在这里,我领悟了树的心境;
执着就这这里,记载在嫩叶的诗句里。

杯中窥菊

文 / 刘佳昱

有一株菊，当她还是种子的时候，就梦想开出世上最美的花。于是她努力地长啊长，终于有一天，她长出了第一朵花苞。

嫩嫩的黄花苞，充满了生机与活力。可好景不长，她被人摘下。在阳光的曝晒下，她的水分慢慢流失，变成了皱巴巴的菊花干，被装在罐子里。

罐子里的菊花一心想开放一次，身边姐妹们都在嘲笑她："我们被摘下就等于被判了死刑，还指望哪天能看到自己绽放啊？"可无论同伴怎么说，她都不死心。凭着顽强的意志，她活到了主人拿她泡茶的那一天。

奄奄一息的她被主人放进热水里时，感觉全身的经脉都打开了，整个身体舒展开来。她闭上眼，放松全身，感觉插上了无数对透明的翅膀，在水中飞翔，如同仙女在云端嬉戏，与周围融为一体。身旁流过的小水珠不停地赞叹道："好美的花啊！仿佛刚刚摘下来一般。"

菊花激动得差点流下眼泪，这是她的第一次绽放。之前，她尚在含苞待放就已被摘下。可现在，她终于开放了！她看到了自己的美丽身姿，她的梦想终于实现了！她似乎看到自己变成了万众瞩目的明星，变成了炫目的白天鹅。她的努力、她的等待终于换来了今天的灿烂一刻。

然而当主人喝完菊花茶后，可怜的小菊花再次被倒进垃圾桶。一只猫咪到垃圾桶旁追毛线球时发现了她,轻蔑地问:"你等了那么久,最终还是被扔进垃圾桶,值吗?"小菊花朗声大笑:"我追求的不是结果。我梦想开花,所以我等。现在我不但开了花,还在水中飞了会儿,太值了!""梦?有那么重要吗?"猫咪不屑地问。小菊花字字铿锵:"我们靠自己追梦,靠自己拼搏,梦当然重要。可你有主人宠着,吃穿不愁,连梦都没有!"猫咪一扭屁股,滚成个毛线球走了。

此刻小菊花也走到了生命的尽头,弥留之际,她留下一篇日记:

"梦能使灰姑娘变成公主,能使丑小鸭变成白天鹅。追梦的人是幸运的,没梦的人是可悲的!"

桂花香

文 / 郑宇凡

凉意浓浓，我漫步在秋日的原野。风儿尽情的抚弄我的发梢，金色的阳光和着瓜果的芬芳酝酿。

在这秋的气息里，一缕缕花香，如梦如幻，又似缥缈的歌声，萦绕耳旁，我不由沉醉其中。

与这花香相比，兰花的淡雅，逊了；玫瑰的浓烈，俗了；腊梅的馥郁，腻了；这缕花香，清新而不失香甜，香甜而不失悠然，悠然而不失浓烈。这股香，从何而来？

我回头一望，咦！那是什么？只见一株矮小瘦弱的小树，摇曳在秋风中。墨绿的枝叶挂满枝头，在这墨绿之间，竟然堆着一摊摊雪一样的东西！这凉爽的秋日里，怎么会有雪？我走上去，想一探究竟。

呀！原来那雪是桂花！近看，白中泛着淡黄，显得娇柔可爱。它们一朵挨着一朵，一束贴着一束，一簇堆着一簇，开得浓烈热闹，将小树苗那纤细的柔枝压弯了。微风拂过，朵朵花儿就随着轻风飘洒、落下，飞到草地上、田埂上。望去，确像雪花飞舞。

我拾起一朵小小的桂花，放在我的手心。轻轻一嗅，一股沁人心脾的幽香顿时萦绕在鼻尖，使人如痴如醉。我怜惜的望着手心的花儿，四个米黄而娇小的花瓣合成了一个小小的摇篮，摇篮中间坐着四个身披金黄披风的小宝宝——花蕊。这个小摇篮这么小，还不及我小指甲的一半，但是这个小摇篮却能散发出如此浓烈而醉人的香！

在这秋日的午后，手心的花儿，正尽自己生命的全部，绽放着自己所有的花香。正是这一朵一朵的花，才汇成了眼前奔放的花海。它们努力的让自己的生命更加完美，不留一丝遗憾。我呢？我是不是也应该这般努力地、不留一丝遗憾地活过每一分呢？……

迎着金色的秋风，在这缕幽香里，我朝着大路走去。

枫叶礼赞

文 / 钟梦雅

夕阳与晚霞交相辉映,一大片一大片的紫红晕染在天际,几只晚归的鸟儿飞在云彩上,这真是个秋高气爽的天气。

我轻盈地穿过一片树林,在这里,不久之前还听得见知了的声音,然而现在,却只有风吹树叶的声音了,我站在这条小路上的中央,昂起头仰望这片树林,风儿轻轻地刮过耳际,树叶轻轻地发出沙沙的声响,夕阳仍旧挂在地平线,似乎不肯落去,因为调皮的风,所以枫叶在树上摇摇欲坠。"你在留恋什么?你在期待什么?"我望着在风中起舞的落叶,心中发出轻微地感叹。一辆自行车从我身旁疾驰而过,回过头,我听见,"咔吱咔吱"的声响——那是枫叶成为碎片的声音。

枫叶的身躯如火一般艳红,好像用意志燃烧起的火焰,在黄昏略带冷漠的风中跳一支属于它最后的舞,燃烧地那样旺、那样烈,这是它们最后的盛宴,最后的狂欢!它们一直在等待这一天,等待死亡的来临。

"我就要离开!"它们呐喊。

"我就要逝去!"它们坦荡。

每一片枫叶的凋零都耗尽了它们一生的等待,在生命的尽头一定要辉煌壮丽。

我想人不也与枫叶是一样的吗?生老病死,这是一个必经过程,就看你怎么看待他 / 她,人总会收到死神的邀请函,与世长辞。人生是一场舞台剧，酸甜苦乐都在其中，不管这幕戏的时间多长，也终会曲终人散，天下没有不散的宴席，也因如此，人生中的每个插曲才会变得如此珍贵，令人珍惜。

夕阳似乎又红了一分，枫叶似乎又艳了一分，我再望望头顶的枫叶，看看脚下的土地，快步跑开，身后，卷起几片凋谢的枫叶，它似乎在向我道别。

教学楼外的大树

文 / 秦梦雨

高三教学楼外，有一棵不知名的大树，大概有五层楼高的样子。到初春的时候，靠近教学楼的枝条就会先抽芽，大概是因为人多的地方流转的空气更温暖，所以它总会先泛绿，那绿色像河面浮萍的颜色，嫩嫩的，煞是可爱。

过不了多久，整个树冠都会变绿，于是这棵树成了渐变的颜色，上浅下深。正如有些同学打趣高个子同学一样，他们总会问："上面空气是不是很清新！"树也应该是觉得上面的空气更好，否则树冠的颜色也不会这般明亮与愉悦，相由心生不是吗？

等到整棵树都变成一种颜色了，四月的风开始吹拂大地，阳光也变得亮亮而明媚起来。那大树长出了似花似叶的绒瓣，有指甲壳般大小，黄绿色，略显暗淡。关于它是什么，我已经同朋友争论过多次，她说是花，我却说是叶，后来又询问了一些人，但都是随意回答，毫无依据，最后只好作罢。

其实，这种绒瓣的生命很短暂，也很柔弱。四月中旬下过几场大雨，大树几经风雨后，一阵大风吹过，绒瓣就被吹离了树枝，它们被卷到空中，翻腾、盘旋、纷飞飘散，像极了淡色的花瓣雨。而教学楼的走廊上，也就洒满了柔柔的雨滴，细碎无声，却悄然而强劲地闯进过路人的心里。

好像自花雨落尽之后，大树就渐渐融入了周围的环境，不再绿得那么突兀和耀眼。矮它许多的小叶榕是常年受过车辆所扬起的灰尘的摧残和蒙蔽的，颜色显得暗淡深沉，是一种浓墨般的绿，沉甸甸的，给人以一种难言的沧桑感，哪像活力四射的大树。尽管它的颜色已经成了平凡的黄绿，但之前的美好却实实在在地留在人们心中了。于我而言，能欣赏到这如诗如画的新绿，即便时间短暂，也万分迷恋以至陶醉。毕竟，在这个喧闹而又拥挤的城市校园一角，在这紧张得空气都快凝固的高三楼旁，能寻到这样一丝新绿与轻松是多么的不容易，更何况两点一线的高三生活，也不允许我花太多的精力在与考试无关的事情上。而下课时分，眺望窗外就已经算是"偷得学生半日闲"了，哪来这么多的贪念和欲望呢！

我爱它绿色，正如我爱所有美好而真实的事物一样。它们的保质期或长或短，它们可能被人记起，也可能被人遗忘，但它们确实存在着，不似浮华绚烂的烟火，所有的美好只是假象，能给人们留下的仅仅是绚烂之后的冷落和空寂，还时常平添了一份难以言状的无奈情绪，倒不如不要在空中绽放，惹得人心情低落。

就算岁月的长河会一直不知疲倦地奔跑，也请不要带走这大树的绿色。就让它的美好永远盛开在显得沉寂的教学楼旁，陪伴着一届又一届的高三学子度过这涅槃青春生命的高三，给隐忍坚强的生命画卷添上一笔明亮的绿色。

家乡素描

回老家过年

文 / 唐宇佳

快过年了,我想回老家过年。生活在城市里,虽然有高高挂起的大红灯笼,有火树银花的彩灯,但我却感觉不到老家那种浓浓的年味。

说起老家过年,其实是从杀年猪开始的。每家每户杀年猪的时候,小朋友们是最高兴的。因为要过年了,可以吃到好多好香的肉肉啦。

过大年的那天上午,全家老少都要去祖坟前祭拜老祖宗。鞭炮要放的噼噼啪啪响,好像要惊醒地下的老祖宗一样。我们会祈求老祖宗保佑我们在新的一年健健康康、快快乐乐。听爷爷说,老祖宗地下很灵,一定会保佑我们。

老家的大年夜一般来的早,大家都想抢第一个哩。所以,下午还不到六点,就有人开始放鞭炮吃年夜饭了。随后,鞭炮轰隆隆的炸响,你家我家像竞赛一样接连不断。这时胆子大的男孩子会抢着去拣没炸响的鞭炮,而胆小的宝宝们则被吓得大哭。

吃年夜饭时,各种丰盛的鸡鸭鱼肉全摆上桌,一家老少围坐在一起,脚下的火盆烤的每一个人手红红的,脸也慢慢变得红彤彤的。大人们笑容满面的边吃边说,他们谈天说地,声音越来越宏亮。小孩子们呢,一双手都不够用,吃的满嘴、满手都是油渍,少不了会被妈妈责骂。

吃过年夜饭后,孩子们在院子里疯狂的玩耍,同时心里也有点焦急的等着大人发压岁钱。等中央电视台春节晚会结束,长辈就会给晚辈发红包。数一数,哈哈,我那年拿到的是888元。真的是发发发哈!

老家的长辈真多。每次在老家过年,我都要随爸爸妈妈到处去拜年。我能收到很多个红包,见到很多个哥哥姐姐、弟弟妹妹,能吃到很多好吃的东西。

呵呵,在老家过年,想想就真的很开心。今年过年,我想跟爸爸妈妈说:"我们回老家过年吧!"

过年的味道

文 / 周欣吾桐

几天来，我们一家忙着走亲访友。除夕夜，吃完大伯家姑妈家最后两家分岁酒，身疲力竭的我终于被爸爸妈妈载回家。窗外鞭炮声不断，放鞭炮迎新年是温州人的习俗。我打开电视，只能看哑剧春晚了，历年也如此。我拿出IPAD上了QQ，给同学们送上新年美好的祝福。

"快来外公家，我们一家在这里过年！""我们一家也在外公家过年！"表姐、表弟的QQ留言同时跳了出来。去外公家过年！虽然我两腿发软，胃里膨胀，但我还是即刻从沙发上跳起来。在我的强烈要求下，爸爸妈妈无奈驱车载儿前往外公家。

车终于开到了外公家，只见家门紧锁，连平日放在家门外的扫帚也不见了踪影。妈妈突然显出非常紧张的表情，大声地叫着外公。不一会儿，外公从二楼窗口探出头来，看到了我们狼狈的样子，非常惊讶："都十点多了，关门炮都放了，那可怎么办啊？"闻讯赶来的大舅舅从窗口探出头来，看到我们，不禁指责外公："你怎么这么早就放了关门炮？大家都还没回来呢！"说着，只见小舅舅开车回来了，他兴冲冲地下了车，结果也吃了闭门羹。四个人就这样被关在了门外，在除夕夜团聚的晚上，孤独而无助。

冷风萧萧，我们坐在车里避寒。我的心中充满了疑惑："妈妈，什么是关门炮啊？""开门炮关门炮是温州的习俗。关门炮是除夕夜各家各户吃完了分岁酒，在准备关门的时候要放鞭炮表示庆祝。""那为什么放完了关门炮后就不让人进门了呢？"舅舅接着说道："放完关门炮后，就不能再开门或出门，否则风水会外流。""哦，原来如此，那……那什么时候才能进家门呢？""只有等到凌晨放完开门炮之后才能进门啊！不如，我们去街上逛逛，到了凌晨放完开门炮再进屋。"

新年钟声终于响起，远方、近处、眼前一起响起了一串接一串更加响亮的鞭炮声。啊，开门炮！

回到外公家，我们又冷又饿，外公不好意思地笑了笑。大舅舅喊道："吃饭吃饭。"于是大大小小围了一桌子，桌上摆着十个红色的大碗，碗里盛着满满十个菜。"我要吃粥！"小表弟叫起来。大舅舅站起来严肃地下命令："小朋友听着，正月初一不可以吃粥，只能吃饭；不要向大人要钱，也不要把钱给别人；不要扫地。这样一年才能五谷丰登，衣食丰足，财源滚滚。""那Q币用完了怎么办？"小表弟的问号真是难倒了大舅舅。

看着眼前，我不禁想起了前年随旅游团在哈尔滨过的大年三十，那可是完全不一样的除夕之夜。哈尔滨城市里家家户户的阳台上只挂一个亮着灯的灯笼，除夕夜没有放鞭炮，更不必说开门炮、关门炮了。家家户户要包饺子，他们的年夜饭必吃饺子。

想来，每个地方都有着自己独特的过年方式，各种习俗也是几千年文化的结晶，有着浓郁的地方气息。不同的地方有不同的过年方式，不同的年有不同的味道。

童年的杨树

文 / 吴丹

我小时候和奶奶住在一个小四合院中,中间有一棵用石头围起来的杨树。那棵杨树四季常青,挺拔直立,无论是岁月的风雨扑面而来,还是滚滚的尘埃遮蔽了翠枝青叶,它总是静静地、默默地矗立在那里守候着我们。这棵枝繁叶茂的杨树,宛如一盏明灯,照耀着童年——那最初的美好。

小时候,我总是和小伙伴在杨树下玩游戏,夏日的阳光照在杨树浓密的绿叶上,在我们头顶撑起了一把金光闪闪的遮阳伞,就如同童话故事一般美丽。每当这时,奶奶就会站在一旁,看着我们微笑着,脸上的皱纹也被笑开了,露出了几颗缺失的牙齿,那一头花白的头发在阳光下显得格外耀眼。总爱指着我们去和一些邻居交谈,还时不时对我们说道:"玩够了就休息一下。"总之我们在杨树下过着无拘无束的悠闲生活。

当我稍微长大了一点儿,每当秋天都会采集落下的杨树叶,每一片树叶都会经过奶奶那双爬满皱纹的手的轻拂,最后都会安静地,带着奶奶那双刚包完饺子的手上韭菜的清香在一页页书扉中睡去。一天,我兴致勃勃地捧回了许多杨树叶交给奶奶,她还是像往常一样夹在了书中,我问奶奶为什么要这样做,奶奶一展她平时那慈祥的面孔抚摸着我的脸笑笑说:"这叫标本,你长大了就懂了。"不知为什么,奶奶的声音总夹杂着浓郁的亲情气息,让我难以抗拒。虽然问过了,可那时的我并不知道什么叫标本，但觉得这是一件十分有趣的事。

　　冬天的杨树藏起了他所有的树叶，这时奶奶教我用彩笔在树叶上画画，奶奶和我坐在一起，我们一起画。那一副散发着一股淡淡的、古老的清香的老花眼镜，在奶奶的鼻梁上趴着。冬天很冷，奶奶一边画一边教我，而我的心思却不在这儿上面。看一股股淡白的气从奶奶口中哈出，倒也感兴趣，望着一团团气刚出来，想用手抓住它，谁知它消失得更快乐。奶奶说我不认真，用手轻轻地敲了敲我的脑袋："小淘气，让你不认真画！"说完又敲了一下我，竟从我头上敲下了一颗水果糖。我睁大了双眼，惊讶极了。连忙自己用力敲一下，咦，什么也没有，紧紧地抱着奶奶让她再敲我一下，变出糖来。她只是笑笑："你画好就给你敲！"我开始认真起来。画好后奶奶还教我用树叶拼图画。几片树叶，简单的折叠几下，就组成了一幅别具特色的图画，原来这比奶奶哈出的气还有趣。我开始缠着奶奶敲头变糖，只见奶奶将手背到背后，假装念着咒语，随着我脑袋上的一下敲打，又出现了一颗糖，是我最爱的苹果味的，得到糖的我自是眉开眼笑，原来奶奶会魔法！

　　……

　　就这样杨树陪伴我度过了一个又一个春秋，它见证着我成长的经历。

　　直到六岁我要上小学了，妈妈把我从奶奶那接走了。

　　刹那间，我的脑海中浮现出了我和小伙伴嬉戏的场景，我收集标本的样子，我和奶奶画画的场面，我津津有味地吃着奶奶"敲"下的糖果的模样……

我在北京大学的经历

文 / 蔡元培

北京大学的名称，是从民国元年起的；民元以前，名为京师大学堂；包有师范馆、仕学馆等，而译学馆亦为其一部；我在民元前六年，曾任译学馆教员，讲授国文及西洋史，是为我北大服务之第一次。

民国元年，我长教育部，对于大学有特别注意的几点：一、大学设法商等科的，必设文科；设医农工等科的，必设理科。二、大学应设大学院（即今研究院）为教授、留校的毕业生与高级学生研究的机关。三、暂定国立大学五所，于北京大学外，再筹办大学各一所于南京、汉口、四川、广州等处（尔时想不到后来各省均有办大学的能力）。四、因各省的高等学堂，本仿日本制，为大学预备科，但程度不齐，于入大学时发生困难。乃废止高等学堂，于大学中设预科（此点后来为胡适之先生等所非难，因各省既不设高等学堂，就没有一个荟萃较高学者的机关，文化不免落后；但自各省竞设大学后，就不必顾虑了）。

是年，政府任严幼陵君为北京大学校长。两年后，严君辞职，改任马相伯君。不久，马君又辞，改任何锡侯君；不久又辞，乃以工科学长胡次珊君代理。民国五年冬，我在法国，接教育部电，促回国，任北大校长。我回来，初到上海，友人中劝不必就职的颇多，说北大太腐败，进去了，若不能整顿，反于自己的声名有碍。这当然是出于爱我的意思。但也有少数的说，既然知道他腐败，更应进去整顿，就是失败，也算尽了心。这也是爱人以德的说法。我到底服从后说，进北京。

我到京后，先访医专校长汤尔和君，问北大情形。他说："文科预科的情形，可问沈尹默君；理工科的情形，可问夏浮筠君。"汤君又说："文科学长如未定，可请陈仲甫君；陈君现改名独秀，主编《新青年》杂志，确可为青年的指导者。"因取《新青年》十余本示我。我对于陈君，本来有一种不忘的印象，就是我与刘申叔君同在《警钟日报》服务时，刘君语我："有一种在芜湖发行之白话报，发起的若干人，都因困苦及危险而散去了，陈仲甫一个人又支持了好几个月。"现在听汤君的话，又翻阅了《新青年》，决意聘他。从汤君处探知陈君寓在前门外一旅馆，我即往访，与之订定。于是陈君来北大任文科学长，而夏君原任理科学长，沈君亦原任教授，一仍旧贯。乃相与商定整顿北大的办法，次第执行。

我们第一要改革的，是学生的观念。我在译学馆的时候，就知道北京学生的习惯。他们平日对于学问上并没有什么兴会，只要年限满后，可以得到一张毕业文凭。教员是自己不用功的，把第一次的讲义，照样印出来，按期分散给学生，在讲坛上读一遍，学生觉得没有趣味，或瞌睡，或看看杂书，下课时，把讲义带回去，堆在书架上。等到学期、学年或毕业的考试，教员认真的，学生就拼命地连夜阅读讲义，只要把考试对付过去，就永远不再去翻一翻了。要是教员通融一点，学生就先期要求教员告知他要出的题目，至少要求表示一个出题目的范围；教员为避免学生的怀恨与顾全自身的体面起见，往往把题目或范围告知他们了。于是他们不用功的习惯，得了一种保障了。尤其北京大学的学生，是从京师大学堂"老爷"式学生嬗继下来（初办时所收学生，都是京官，所以学生都被称为老爷，而监督及教员都被称为"中堂"或"大人"）。他们的目的，不但在毕业，而尤注重在毕业以后的出路。所以专门研究学术的教员，他们不见得欢迎；要是点名时认真一点，考试时严格一点，他们就借个话头反对他，虽罢课也所不惜。若是一位在政府有地位的人来兼课，虽时时请假，他们还是欢迎得很；因为毕业后可以有阔老师做靠山。这种科举时代遗留下来的劣根性，是于求学上很有妨碍的。所以我到校后第一次演说，就说明"大学学生，当以研究学术为天职，不当以大学为升官发财之阶梯"。然而要打破这些习惯，只有从聘请积学而热心的教员着手。

那时候因《新青年》上文学革命的鼓吹，而我得认识留美的胡适之君。他回国后，即请到北大任教授。胡君真是"旧学邃密"而且"新知深沉"的一个人，所以一方面与沈尹默、兼士兄弟、钱玄同、马幼渔、刘半农诸君以新方法整理国故，一方面整理英文系。因胡君之介绍而请到的好教员，颇不少。

我素信学术上的派别，是相对的，不是绝对的。所以每一种学科的教员，即使主张不同，若都是"言之成理、持之有故"的，就让他们并存，令学生有自由选择的余地。最明白的，是胡适之君与钱玄同君等绝对的提倡白话文学，而刘申叔、黄季刚诸君仍极端维护文言的文学；那时候就让他们并存。我信为应用起见，白话文必要盛行，我也常常作白话文，也替白话文鼓吹。然而我也声明：作美术文，用白话也好，用文言也好。例如我们写字，为应用起见，自然要写行楷，若如江艮庭君的用篆隶写药方，当然不可；若是为人写斗方或屏联，作装饰品，即写篆隶章草，有何不可？

那时候各科都有几个外国教员，都是托中国驻外使馆或外国驻华使馆介绍的，学问未必都好，而来校既久，看了中国教员的阑珊，也跟了阑珊起来。我们斟酌了一番，辞退几人，都按着合同上的条件办的，有一法国教员要控告我。有一英国教习竟要求英国驻华公使朱尔典来同我谈判，我不答应。朱尔典出去后，说："蔡元培是不要再做校长的了。"我也一笑置之。

我从前在教育部时，为了各省高等学堂程度不齐，故改为各大学直接的预科。不意北大的预科，因历年校长的放任与预科学长的误会，竟演成独立的状态。那时候预科中受了教会学校的影响，完全偏重英语及体育两方面；其他科学比较的落后，毕业后若直升本科，发生困难。预科中竟自设了一个预科大学的名义，信笺上亦写此等字样。于是不能不加以改革，使预科直接受本科学长的管理，不再设预科学长。预科中主要的教课，均由本科教员兼任。

我没有本校与他校的界限，常为之通盘打算，求其合理化。是时北大设文、理、工、法、商五科，而北洋大学亦有工、法两科；北京又有一工业专门学校，都是国立的。我以为无此重复的必要，主张以北大的工科并入北洋，而北洋之法科，刻期停办。得北洋大学校长同意及教育部核准，把土木工与矿冶工并到北洋去了。把工科省下来的经费，用在理科上。我本来想把法科与法专并成一科，专授法律，但是没有成功。我觉得那时候的商科，毫无设备，仅有一种普通商业学教课，于是并入法科，使已有的学生毕业后停止。

我那时候有一个理想，以为文、理两科，是农、工、医、药、法、商等应用科学的基础，而这些应用科学的研究时期，仍然要归到文理两科来。所以文理两科，必须设各种的研究所；而此两科的教员与毕业生必有若干人是终身在研究所工作，兼任教员，而不愿往别种机关去的。所以完全的大学，当然各科并设，有互相关联的便利。若无此能力，则不妨有一大学专办文理两科，名为本科，而其他应用各科，可办专科的高等学校，如德法等国的成例，以表示学与术的区别。因为北大的校舍与经费，决没有兼办各种应用科学的可能，所以想把法律分出去，而编为本科大学，然没有达到目的。

那时候我又有一个理想，以为文理是不能分科的。例如文科的哲学，必植基于自然科学；而理科学者最后的假定，亦往往牵涉哲学。从前心理学附入哲学，而现在用实验法，应列入理科；教育学与美学，也渐用实验法，有同一趋势。地理学的人文方面，应属文科，而地质地文等方面属理科。历史学自有史以来，属文科，而推原于地质学的冰期与宇宙生成论，则属于理科。所以把北大的三科界限撤去而列为十四系，废学长，设系主任。

我素来不赞成董仲舒罢黜百家独尊孔氏的主张。清代教育宗旨有"尊孔"一款，已于民元在教育部宣布教育方针时说它不合用了。到北大后，凡是主张文学革命的人，没有不同时主张思想自由的；因而为外间守旧者所反对。适有赵体孟君以编印明遗老刘应秋先生遗集，贻我一函，属约梁任公、章太炎、林琴南诸君品题。我为分别发函后，林君复函，列举彼对于北大怀疑诸点，我复一函，与他辩；这两函颇可窥见那时候两种不同的见解。

这两函虽仅为文化一方面之攻击与辩护，然北大已成为众矢之的，是无可疑了。越四十余日，而有五四运动。我对于学生运动，素有一种成见，以为学生在学校里面，应以求学为最大目的，不应有何等政治的组织。其有年在20岁以上，对于政治有特殊兴趣者，可以个人资格参加政治团体，不必牵涉学校。所以民国七年夏间，北京各校学生，曾为外交问题，结队游行，向总统府请愿。当北大学生出发时，我曾力阻他们。他们一定要参与，我因此引咎辞职，经慰留而罢。到八年五月四日，学生又有不签字于巴黎和约与罢免亲日派曹、陆、章的主张，仍以结队游行为表示，我也就不去阻止他们了。他们因愤激的缘故，遂有焚曹汝霖住宅及攒殴章宗祥的事，学生被警厅逮捕者数十人，各校皆有，而北大学生居多数。我与各专门学校的校长向警厅力保，始释放。但被拘的虽已保释，而学生尚抱再接再厉的决心，政府亦且持不做不休的态度。都中宣传政府将明令免我职而以马其昶君任北大校长，我恐若因此增加学生对于政府的纠纷，我个人且将有运动学生保持地位的嫌疑，不可以不速去。乃一面呈政府，引咎辞职，一面秘密出京，时为5月9日。

那时候学生仍每日分队出去演讲，政府逐队逮捕，因人数太多，就把学生都监禁在北大第三院。北京学生受了这样大的压迫，于是引起全国学生的罢课，而且引起各大都会工商界的同情与公愤，将以罢工罢市为同样之要求。政府知势不可侮，乃释放被逮诸生，决定不签和约，罢免曹、陆、章，于是五四运动之目的完全达到了。

五四运动之目的既达，北京各校的秩序均恢复，独北大因校长辞职问题，又起了多少纠纷。政府曾一度任命胡次珊君继任，而为学生所反对，不能到校；各方面都要我复职。我离校时本预定决不回去，不但为校务的困难，实因校务以外，常常有许多不相干的缠绕，度一种劳而无功的生活，所以启事上有"杀君马者道旁儿；民亦劳止，汔可小休；我欲小休矣"等语。但是隔了几个月，校中的纠纷，仍在非我回校不能解决的状态中。我不得已，乃允回校。回校以前，先发表一文，告北京大学学生及全国学生联合会，告以学生救国，重在专研学术，不可常为救国运动而牺牲（全文见《蔡子民先生言行录》下册337至341页）。到校后，在全体学生欢迎会演说，说明德国大学学长、校长均每年一换，由教授会公举；校长且由神学、医学、法学、哲学四科之教授轮值，从未生过纠纷，完全是教授治校的成绩。北大此后亦当组成健全的教授会，使学校决不因校长一人的去留而起恐慌（全文见《言行录》341至344页）。

那时候蒋梦麟君已允来北大共事，请他通盘计划，设立教务、总务两处，及聘任财务等委员会，均以教授为委员。请蒋君任总务长，而顾孟余君任教务长。

北大关于文学哲学等学系，本来有若干基本教员，自从胡适之君到校后，声应气求，又引进了多数的同志，所以兴会较高一点。预定的自然科学、社会科学、文学、国学四种研究所，止有国学研究所先办起来了。在自然科学与社会科学方面，比较的困难一点。自民国九年起，自然科学诸系，请到了丁巽甫、颜任光、李润章诸君主持物理系；李仲揆君主持地质系；在化学系本有王既五、陈聘丞、丁庶为诸君，而这时候又增聘程寰西、石蘅青诸君；在生物学系本已有钟宪鬯君在东南、西南各省搜罗动植物标本，有李石曾君讲授学理，而这时候又增聘谭仲逵君。于是整理各系的实验室与图书室，使学生在教员指导之下，切实用功；改造第二院礼堂与庭园，使合于讲演之用。在社会科学方面，请到王雪艇、周鲠生、皮皓白诸君；一面诚意指导提起学生好学的精神，一面广购图书杂志，给学生以自由考索的工具。丁巽甫君以物理学教授兼预科主任，提高预科程度。于是北大始达到各系平均发展的境界。

　　我是素来主张男女平等的。九年，有女学生要求进校，以考期已过，姑录为旁听生。及暑假招考，就正式招收女生。有人问我："兼收女生是新法，为什么不先请教育部核准？"我说："教育部的大学令，并没有专收男生的规定；从前女生不来要求，所以没有女生；现在女生来要求，而程度又够得上，大学就没有拒绝的理。"这是男女同校的开始，后来各大学都兼收女生了。

　　我是佩服章实斋先生的，那时候国史馆附设在北大，我定了一个计划，分征集纂辑两股；纂辑股又分通史，民国史两类；均从长编入手。并编历史辞典。聘屠敬山、张蔚西、薛阆仙、童亦韩、徐贻孙诸君分任征集编纂等务。后来政府忽又有国史馆独立一案，别行组织。于是张君所编的民国史，薛、童、徐诸君所编的辞典，均因篇帙无多，视同废纸；止有屠君在馆中仍编他的蒙兀儿史，躬自保存，没有散失。

　　我本来很注意于美育的，北大有美学及美术史教课，除中国美术史由叶浩吾君讲授外，没有人肯讲美学。十年，我讲了十余次，因足疾进医院停止。至于美育的设备，曾设书法研究会，请沈尹默、马叔平诸君主持。设画书研究会，请贺履之、汤定之诸君教授国画；比国楷次君教授油画。设音乐研究会，请萧友梅君主持。均听学生自由选习。

我在爱国学社时，曾断发而习兵操。对于北大学生之愿受军事训练的，常特别助成。曾集这些学生，编成学生军，聘白雄远君任教练之责，亦请蒋百里、黄膺伯诸君到场演讲。白君勤恳而有恒，历十年如一日，实为难得的军人。

我在九年的冬季，曾往欧美考察高等教育状况，历一年回来。这期间的校长任务，是由总务长蒋君代理的。回国以后，看北京政府的情形，日坏一日，我处在与政府常有接触的地位，日想脱离。11年冬，财政总长罗钧任君忽以金佛郎问题被逮，释放后，又因教育总长彭允彝君提议，重复收禁。我对于彭君此举，在公议上，认为是蹂躏人权献媚军阀的勾当；在私情上，罗君是我在北大的同事，而且于考察教育时为最密切的同伴，他的操守，为我所深信，我不免大抱不平，与汤尔和、邵飘萍，蒋梦麟诸君会商，均认有表示的必要。我于是一面递辞呈，一面离京。隔了几个月，贿选总统的布置，渐渐的实现；而要求我回校的代表，还是不绝，我遂于12年7月间重往欧洲，表示决心；至15年，始回国。那时候，京津间适有战争，不能回校一看。16年，国民政府成立，我在大学院，试行大学区制，以北大划入北平大学区范围，于是我的北京大学校长的名义，始得取消。

综计我居北京大学校长的名义，十年有半；而实际在校办事，不过五年有半。一经回忆，不胜惭悚。

说 话

文 / 朱自清

谁能不说话,除了哑子?有人这个时候说,那个时候不说。有人这个地方说,那个地方不说。有人跟这些人说,不跟那些人说。有人多说,有人少说。有人爱说,有人不爱说。哑子虽然不说,却也有那伊伊呀呀的声音,指指点点的手势。

说话并不是一件容易事。天天说话,不见得就会说话;许多人说了一辈子话,没有说好过几句话。所谓"辩士的舌锋""三寸不烂之舌"等赞词,正是物稀为贵的证据;文人们讲究吐属,也是同样的道理。我们并不想做辩士,说客,文人,但是人生不外言动,除了动就只有言,所谓人情世故,一半儿是在说话里。古文《尚书》里说,"唯口,出好兴戎",一句话的影响有时是你料不到的,历史和小说上有的是例子。

说话即使不比作文难,也决不比作文容易。有些人会说话不会作文,但也有些人会作文不会说话。说话像行云流水,不能够一个字一个字推敲,因而不免有疏漏散漫的地方,不如作文的谨严。但那些行云流水般的自然,却决非一般文章所及。——文章有能到这样境界的,简直当以说话论,不再是文章了。但是这是怎样一个不易到的境界!我们的文章,哲学里虽有"用笔如舌"一个标准,古今有几个人真能"用笔如舌"呢?不过文章不甚自然,还可成为功力一派,说话是不行的;说话若也有功力派,你想,那怕真够瞧的!

说话到底有多少种，我说不上。约略分别：向大家演说，讲解，乃至说书等是一种，会议是一种，公私谈判是一种，法庭受审是一种，向新闻记者谈话是一种；——这些可称为正式的。朋友们的闲谈也是一种，可称为非正式的。正式的并不一定全要拉长了面孔，但是拉长了的时候多。这种话都是成片断的，有时竟是先期预备好的。只有闲谈，可以上下古今，来一个杂拌儿；说是杂拌儿，自然零零碎碎，成片段的是例外。闲谈说不上预备，满是将话搭话，随机应变。说预备好了再去"闲"谈，那岂不是个大笑话？这种种说话，大约都有一些公式，就是闲谈也有——天气常是闲谈的发端，就是一例。但是公式是死的，不够用的，神而明之还在乎人。会说的教你眉飞色舞，不会说的教你昏头搭脑，即使是同一个意思，甚至同一句话。

　　中国人很早就讲究说话。《左传》《国策》《世说》是我们的三部说话的经典。一是外交辞令，一是纵横家言，一是清谈。你看他们的话多么婉转如意，句句字字打进人心坎里。还有一部《红楼梦》，里面的对话也极轻松，漂亮。此外汉代贾君房号为语妙天下，可惜留给我们的只有这一句赞词；明代柳敬亭的说书极有大名，可惜我们也无从领略。近年来的新文学，将白话文欧化，从外国文中借用了许多活泼的，精细的表现，同时暗示我们将旧来有些表现重新咀嚼一番。这却给我们的语言一种新风味，新力量。加以这些年说话的艰难，使一般报纸都变乖巧了，他们知道用侧面的，反面的，夹缝里的表现了。这对于读者是一种不容避免的好训练；他们渐渐敏感起来了，只有敏感的人，才能体会那微妙的咀嚼的味儿。这时期说话的艺术确有了相当的进步。论说话艺术的文字，从前著名的似乎只有韩非的《说难》，那是一篇剖析入微的文字。现在我们却已有了不少的精警之作，鲁迅先生的《立论》就是的。这可以证明我所说的相当的进步了。

　　中国人对于说话的态度，最高的是忘言，但如禅宗教人将嘴挂在墙上，也还是免不了说话。其次是慎言，寡言，讷于言。这三样又有分别：慎言是小心说话，小心说话自然就少说话，少说话少出错儿。寡言是说话少，是一种深沉或贞静的性格或品德。讷于言是说不出话，是一种浑厚诚实的性格或品德。这两种多半是生成的。第三是修辞或辞令。至诚的君子，人格的力量照彻一切的阴暗，用不着多说话，说话也无须乎修饰。只知讲究修饰，嘴边天花乱坠，腹中矛戟森然，那是所谓小人；他太会修饰了，倒教人不信了。他的戏法总有让人揭穿的一日。我们是介在两者之间的平凡的人，没有那伟大的魄力，可也不至于忘掉自己。只是不能无视世故人情，我们看时候，看地方，看人，在礼貌与趣味两个条件之下，修饰我们的说话。这儿没有力，只有机智；真正的力不是修饰所可得的。我们所能希望的只是：说得少，说得好。

书

文 / 朱湘

拿起一本书来，先不必研究它的内容，只是它的外形，就已经很够我们的赏鉴了。

那眼睛看来最舒服的黄色毛边纸，单是纸色已经在我们的心目中引起一种幻觉，令我们以为这书是一个逃免了时间之摧残的遗民。他所以能幸免而来与我们相见的这段历史的本身，就已经是一本书，值得我们的思索、感叹，更不需提起它的内含的真或美了。

还有那一个个正方的形状，美丽的单字，每个字的构成，都是一首诗；每个字的沿革，都是一部历史。飙是三条狗的风：在秋高草枯的旷野上，天上是一片青，地上是一片赭，中疾的猎犬风一般快的驰过，嗅着受伤之兽在草中滴下的血腥，顺了方向追去，听到枯草飒索的响，有如秋风卷过去一般。昏是婚的古字：在太阳下了山，对面不见人的时候，有一群人骑着马，擎着红光闪闪的火把，悄悄向一个人家走近。等着到了竹篱柴门之旁的时候，在狗吠声中，趁着门还未闭，一声喊齐拥而入，让新郎从打麦场上挟起惊呼的新娘打马而回。同来的人则抵挡着新娘的父兄，作个不打不成交的亲家。

印书的字体有许多种：宋体挺秀有如柳字，麻沙体夭娇有如欧字，书法体娟秀有如褚字，楷体端方有如颜字。楷体是最常见的了。这里面又分出许多不同的种类来：一种是通行的正方体；还有一种是窄长的楷体，棱角最显；一种是扁短的楷体，浑厚颇有古风。还有写的书：或全体楷体，或半楷体，它们不单看来有一种密切的感觉，并且有时有古代的写本，很足以考证今本的印误，以及文字的假借。

　　如果在你面前的是一本旧书，则开章第一篇你便将看见许多朱色的印章，有的是雅号，有的是姓名。在这些姓名别号之中，你说不定可以发见古代的收藏家或是名倾一世的文人，那时候你便可以让幻想驰骋于这朱红的方场之中，构成许多缥缈的空中楼阁来。还有那些朱圈，有的圈得豪放，有的圈得森严，你可以就它们的姿态，以及它们的位置，悬想出读这本书的人是一个少年，还是老人；是一个放荡不羁的才子，还是老成持重的儒者。你也能借此揣摩出这主人公的命运：他的书何以流散到了人间？是子孙不肖，将他舍弃了？是遭兵逃反，被一班庸奴偷窃出了他的藏书楼？还是运气不好，家道中衰，自己将它售卖了，来填偿债务，或是支持家庭？书的旧主人是这样。我呢？我这书的今主人呢？他当时对着雕花的端砚，拿起新发的朱笔，在清淡的炉香气息中，圈点这本他心爱的书，那时候，他是决想不到这本书的未来命运。他自己的未来命运，是个怎样结局的；正如这现在读着这本书的我，不能知道我未来的命运将要如何一般。

　　更进一层，让我们来想象那作书人的命运：他的悲哀，他的失望，无一不自然的流露在这本书的字里行间。让我们读的时候，时而跟着他啼，时而为他扼腕叹息。要是，不幸上再加上不幸，遇到秦始皇或是董卓，将他一生心血呕成的文章，一把火烧为乌有；或是像《金瓶梅》《红楼梦》《水浒》一般命运，被浅见者标作禁书，那更是多么可惜的事情呵！

　　天下事真是不如意的多。不讲别的，只说书这件东西，它是再与世无争也没有的了，也都要受这种厄运的摧残。至于那琉璃一般脆弱的美人，白鹤一般兀傲的文士，他们的遭忌更是不言可喻了。试想含意未伸的文人，他们在不得意时，有的采樵，有的放牛，不仅无异于庸人，并且备受家人或主子的轻蔑与凌辱；然而他们天生得性格倔强，世俗越对他白眼，他却越有精神。他们有的把柴挑在背后，拿书在手里读；有的骑在牛背上，将书挂在牛角上读；有的在蚊声如雷的夏夜，囊了萤照着书读；有的在寒风冻指的冬夜，拿了书映着雪读。然而时光是不等人的，等到他们学问已成的时候，眼光是早已花了，头发是早已白了，只是在他们的头额上新添加了一些深而长的皱纹。

咳！不如趁着眼睛还清朗，鬓发尚未成霜，多读一些"人生"这本书罢！

新生活

文 / 胡适

哪样的生活可以叫做新生活呢?

我想来想去,只有一句话。新生活就是有意思的生活。

你听了,必定要问我,有意思的生活又是什么样子的生活呢?

我且先说一两件实在的事情做个样子,你就明白我的意思了。前天你没有事做,闲的不耐烦了,你跑到街上一个小酒店里,打了四两白干,喝完了,又要四两,再添上四两。喝的大醉了,同张大哥吵了一回嘴,几乎打起架来。后来李四哥来把你拉开,你气忿忿的又要了四两白干,喝的人事不知,幸亏李四哥把你扶回去睡了。昨儿早上,你酒醒了,大嫂子把前天的事告诉你,你懊悔的很,自己埋怨自己:"昨儿为什么要喝那么多酒呢?可不是糊涂吗?"

你赶上张大哥家去,作了许多揖,赔了许多不是,自己怪自己糊涂,请张大哥大量包涵。正说时,李四哥也来了,王三哥也来了。他们三缺一,要你陪他们打牌。你坐下来,打了十二圈牌,输了一百多吊钱。你回得家来,大嫂子怪你不该赌博,你又懊悔的很,自己怪自己道:"是呵,我为什么要陪他们打牌呢?可不是糊涂吗?"

诸位,像这样子的生活,叫做糊涂生活,糊涂生活便是没有意思的生活。你做完了这种生活,回头一想,"我为什么要这样干呢?"你自己也回不出究竟为什么。

诸位，凡是自己说不出"为什么这样做"的事，都是没有意思的生活。

反过来说，凡是自己说得出"为什么这样做"的事，都可以说是有意思的生活。

生活的"为什么"，就是生活的意思。人同畜牲的分别，就在这个"为什么"上。你到万牲园里去看那白熊一天到晚摆来摆去不肯歇，那就是没有意思的生活。我们做了人，应该不要学那些畜牲的生活。畜牲的生活只是糊涂，只是胡混，只是不晓得自己为什么如此做。一个人做的事应该件件事问得出一个"为什么"。

我为什么要干这个？为什么不干那个？回答得出，方才可算是一个人的生活。

我们希望中国人都能做这种有意思的新生活。其实这种新生活并不十分难，只消时时刻刻问自己为什么这样做，为什么不那样做，就可以渐渐地做到我们所说的新生活了。

诸位，千万不要说"为什么"这三个字是很容易的小事。你打今天起，每做一件事，便问一个为什么，——为什么不把辫子剪了？为什么不把大姑娘的小脚放了？为什么大嫂子脸上搽那么多的脂粉？为什么出棺材要用那么多叫化子？为什么娶媳妇也要用那么多叫化子？为什么骂人要骂他的爹妈？为什么这个？为什么那个？——你试办一两天，你就会觉得这三个字的趣味真是无穷无尽，这三个字的功用也无穷无尽。

诸位，我们恭恭敬敬地请你们来试试这种新生活。

"儿时"课外学习

文 / 瞿秋白

狂胪文献耗中年，亦是今生后起缘；

猛忆儿时心力异：一灯红接混茫前。

生命没有寄托的人，青年时代和"儿时"对他格外宝贵。这种浪漫谛克的回忆其实并不是发现了"儿时"的真正了不得，而是感觉到"中年"以后的衰退。本来，生命只有一次，对于谁都是宝贵的。但是，假使他的生命溶化在大众的里面，假使他天天在为这世界干些什么，那末，他总在生长，虽然衰老病死仍旧是逃避不了，然而他的事业——大众的事业是不死的，他会领略到"永久的青年"。而"浮生如梦"的人，从这世界里拿去的很多，而给这世界的却很少，——他总有一天会觉得疲乏的死亡：他连拿都没有力量了。衰老和无能的悲哀，像铅一样的沉重，压在他的心头，青春是多少短呵！

"儿时"的可爱是无知。那时候，件件都是"知"，你每天可以做大科学家和大哲学家，每天都在发现什么新的现象，新的真理。现在呢？"什么"都已经知道了，熟悉了，每一个人的脸都已经看厌了。宇宙和社会是那么陈旧，无味，虽则它们其实比"儿时"新鲜得多了。我于是想念"儿时"，祷告"儿时"。

不能够前进的时候，就愿意退后几步，替自己恢复已经走过的前途。请求"无知"回来，给我求知的快乐。可怕呵，这生命的"停止"。

过去的始终过去了，未来的还是未来。究竟感慨些什么——我问自己。

最苦与最乐

文 / 梁启超

人生什么最苦呢？贫吗？不是。失意吗？不是。老吗？死吗？都不是。我说人生最苦的事莫苦于身上背着一种未来的责任。人若能知足，虽贫不苦；若能安分（不多作分外希望），虽失意不苦；老、病、死乃人生难免的事，达观的人看得很平常，也不算什么苦。独是凡人生在世间一天，便有一天应该做的事，该做的事没有做完，便像是有几千斤重担子压在肩头，再苦是没有的了。为什么呢？因为受那良心责备不过，要逃躲也没处逃躲呀！

答应人办一件事没有办，欠了人的钱没有还，受了人的恩惠没有报答，得罪了人没有赔礼，这就连这个人的面也几乎不敢见他；纵然不见他的面，睡里梦里都像有他的影子来缠着我。为什么呢？因为觉得对不住他呀！因为自己对于他的责任还没有解除呀！不独对于一个人如此，就是对于家庭，对于社会，对于国家，乃至对于自己，都是如此。凡属我受过他好处的人，我对于他便有了责任。凡属我应该做的事，而且力量能够做得到的，我对于这件事便有了责任。凡属我自己打主意要做一件事，便是现在的自己和将来的自己立了一种契约，便是自己对于自己加一层责任。有了这责任，那良心便时时刻刻监督在后头。

这种苦痛却比不得普通的贫、病、老、死，可以达观排解得来。所以我说人生没有苦痛便罢，若有苦痛，当然没有比这个加重的了。

　　翻过来，什么事最快乐呢？自然责任完了，算是人生第一件乐事。古语说得好："如释重负。"俗语亦说："心上一块石头落了地。"人到这个时候，那种轻松愉快，真是不可以言语形容。责任越重大，负责的日子乃越长；到责任完了时，海阔天空，心安理得，那快乐还要加几倍哩！大抵天下事从苦中得来的乐才是真乐。人生须知道有负责任的苦处，才能知道有尽责任的乐处。这种苦乐循环，便是这有活力的人间一种趣味；却是不尽责任，受良心责备，这些苦都是自己找来的。

人生的真义

文 / 陈独秀

人生在世，究竟为的什么？究竟应该怎样？这两句话实在难回答得很，我们若是不能回答这两句话，糊糊涂涂过了一生，岂不是太无意识吗？自古以来，说明这个道理的人也算不少，大概有数种：第一是宗教家，像那佛教家说：世界本来是个幻象，人生本来无生；"真如"本性为"无明"所迷，才现出一切生灭幻象；一旦"无明"灭，一切生灭幻象都没有了，还有什么世界，还有什么人生呢？又像那耶稣教说：人类本是上帝用土造成的，死后仍旧变为泥土；那生在世上信从上帝的，灵魂升天；不信上帝的，便魂归地狱，永无超生的希望。第二是哲学家，像那孔、孟一流人物，专以正心、修身、齐家、治国、平天下，做一大道德家、大政治家，为人生最大的目的。又像那老、庄的意见，以为万事万物都应当顺应自然；人生知足，便可常乐，万万不可强求。又像那墨翟主张牺牲自己，利益他人为人生义务。又像那杨朱主张尊重自己的意志，不必对他人讲什么道德。又像那德国人尼采也是主张尊重个人的意志，发挥个人的天才，成为一个大艺术家、大事业家、叫做寻常人以上的"超人"，才算是人生目的；什么仁义道德，都是骗人的说话。第三是科学家。科学家说人类也是自然界一种物质，没有什么灵魂；生存的时候，一切苦乐善恶，都为物质界自然法则所支配；死后物质分散，另变一种作用，没有联续的记忆和知觉。

这些人所说的道理，各个不同。人生在世，究竟为的什么，应该怎样呢？我想佛教家所说的话，未免太迂阔。个人的生灭，虽然是幻象，世界人生之全体，能说不是真实存在吗？人生"真如"性中，何以忽然有"无明"呢？既然有了"无明"，众生的"无明"，何以忽然都能灭尽呢？"无明"既然不灭，一切生灭现象，何以能免呢？一切生灭现象既不能免，吾人人生在世，便要想想究竟为的什么，应该怎样才是。耶教所说，更是凭空捏造，不能证实的了。上帝能造人类，上帝是何物所造呢？上帝有无，既不能证实；那耶教的人生观，便完全不足相信了。孔、孟所说的正心、修身、齐家、治国、平天下，只算是人生一种行为和事业，不能包括人生全体的真义。吾人若是专门牺牲自己，利益他人，乃是为他人而生，不是为自己而生，决非个人生存的根本理由，墨子的思想，也未免太偏了。杨朱和尼采的主张，虽然说破了人生的真相，但照此极端做去，这组织复杂的文明社会，又如何行得过去呢？人生一世，安命知足，事事听其自然，不去强求，自然是快活得很。但是这种快活的幸福，高等动物反不如下等动物，文明社会反不如野蛮社会；我们中国人受了老、庄的教训，所以退化到这等地步。科学家说人死没有灵魂，生时一切苦乐善恶，都为物质界自然法则所支配，这几句话倒难以驳他。但是我们个人虽是必死的，全民族是不容易死的，全人类更是不容易死的了。全民族全人类所创的文明事业，留在世界上，写在历史上，传到后代，这不是我们死后联续的记忆和知觉吗？

照这样看起来，我们现在时代的人所见人生真义，可以明白了。今略举如下：

（一）人生在世，个人是生灭无常的，社会是真实存在的。

（二）社会的文明幸福，是个人造成的，也是个人应该享受的。

（三）社会是个人集成的，除去个人，便没有社会；所以个人的意志和快乐，是应该尊重的。

（四）社会是个人的总寿命，社会解散，个人死后便没有联续的记忆和知觉；所以社会的组织和秩序，是应该尊重的。

　　（五）执行意志，满足欲望（自食色以至道德的名誉，都是欲望），是个人生存的根本理由，始终不变的（此处可以说"天不变，道亦不变"）。

　　（六）一切宗教、法律、道德、政治，不过是维持社会不得已的方法，非个人所以乐生的原意，可以随着时势变更的。

　　（七）人生幸福，是人生自身出力造成的，非是上帝所赐，也不是听其自然所能成就的。若是上帝所赐，何以厚于今人而薄于古人？若是听其自然所能成就，何以世界各民族的幸福不能够一样呢？

　　（八）个人之在社会，好像细胞之在人身，生灭无常，新陈代谢，本是理所当然，丝毫不足恐怖。

　　（九）要享幸福，莫怕痛苦。现在个人的痛苦，有时可以造成未来个人的幸福。譬如有主义的战争所流的血，往往洗去人类或民族的污点。极大的瘟疫，往往促成科学的发达。

　　总而言之，人生在世，究竟为的什么？究竟应该怎样？我敢说道："个人生存的时候，当努力造成幸福，享受幸福；并且留在社会上，后来的个人也能够享受。递相授受，以至无穷。"

跟着自己的兴趣走

文 / 胡适

目前很多学生选择科系时，从师长的眼光看，都不免带有短见，倾向于功利主义方面。天才比较高的都跑到医工科去，而且只走入实用方面，而又不选择基本学科，譬如学医的，内科、外科、产科、妇科，有很多人选，而基本学科譬如生物化学、病理学，很少青年人去选读，这使我感到今日的青年不免短视，带着近视眼镜去看自己的前途与将来。我今天头一项要讲的，就是根据我们老一辈的对选科系的经验贡献给各位。我讲一段故事。

记得四十八年前，我考取了官费出洋，我的哥哥特地从东三省赶到上海为我送行，临行时对我说，我们的家早已破坏中落了，你出国要学些有用之学，帮助复兴家业，重振门楣。他要我学开矿或造铁路，因为这是比较容易找到工作的，千万不要学些没用的文学、哲学之类没饭吃的东西。我说好的，船就要开了。那时和我一起去美国的留学生共有七十人，分别进入各大学。在船上我就想，开矿没兴趣，造铁路也不感兴趣，于是只好采取调和折中的办法，要学有用之学，当时康奈尔大学有全美国最好的农学院，于是就决定去学科学的农学，也许对国家社会有点贡献吧！那时进康大的原因有二：一是康大有当时最好的农学院，且不收学费，而每个月又可获得八十元的津贴；我刚才说过，我家破了产，母亲待养，那时我还没结婚，一切从俭，所以可将部分的钱拿回养家。另一是我国有百分之八十的人是农民，将来学会了科学的农业，也许可以有益于国家。

入校后头一星期就突然接到农场实习部的信，叫我去报到。那时教授便问我："你有什么农场经验？"我答："没有。""难道一点都没有吗？""要有嘛，我的外公和外婆，都是道地的农夫。"教授说："这与你不相干。"我又说："就是因为没有，才要来学呀！"后来他又问："你洗过马没有？"我说："没有。"我就告诉他中国人种田是不用马的。于是老师就先教我洗马，他洗一面，我洗另一面。他又问我会套车吗，我说也不会。于是他又教我套车，老师套一边，我套一边，套好跳上去，兜一圈子。接着就到农场做选种的实习工作，手起了泡，但仍继续地忍耐下去。农复会的沈宗瀚先生写一本《克难苦学记》，要我和他作一篇序，我也就替他做一篇很长的序。我们那时学农的人很多，但只有沈宗瀚先生赤过脚下过田，是唯一确实有农场经验的人。学了一年，成绩还不错，功课都在八十五分以上。第二年我就可以多选两个学分，于是我选种果学，即种苹果学。分上午讲课与下午实习。上课倒没有什么，还甚感兴趣；下午实验，走入实习室，桌上有各色各样的苹果三十个，颜色有红的、有黄的、有青的……形状有圆的、有长的、有椭圆的、有四方的……要照着一本手册上的标准，去定每一苹果的学名，蒂有多长？花是什么颜色？肉是甜是酸？是软是硬？弄了两个小时。弄了半个小时一个都弄不了，满头大汗，真是冬天出大汗。抬头一看，呀！不对头，那些美国同学都做完跑光了，把苹果拿回去吃了。他们不需剖开，因为他们比较熟习，查查册子后面的普通名词就可以定学名，在他们是很简单。我只弄了一半，一半又是错的。回去就自己问自己学这个有什么用？要是靠当时的活力与记性，用上一个晚上来强记，四百多个名字都可以记下来应付考试。但试想有什么用呢？那些苹果在我国烟台也没有，青岛也没有，安徽也没有……我认为科学的农学无用了，于是决定改行，那时正是民国元年，国内正是革命的时候，也许学别的东西更有好处。

那么，转系要以什么为标准呢？依自己的兴趣呢？还是看社会的需要？我年轻时候《留学日记》有一首诗，现在我也背不出来了。我选课用什么做标准？听哥哥的话？看国家的需要？还是凭自己？只有两个标准：一个是"我"；一个是"社会"，看看社会需要什么？国家需要什么？中国现代需要什么？但这个标准——社会上三百六十行，行行都需要，现在可以说三千六百行，从诺贝尔得奖人到修理马桶的，社会都需要，所以社会的并不重要。因此，在定主意的时候，便要依着自我的兴趣了——即性之所近，力之所能。我的兴趣在什么地方？与我性质相近的是什么？问我能做什么？对什么感兴趣？我便照着这个标准转到文学院了。但又有一个困难，文科要缴费，而从康大中途退出，要赔出以前二年的学费，我也顾不得这些。经过四位朋友的帮忙，由八十元减到三十五元，终于达成愿望。在文学院以哲学为主，英国文学、经济、政治学之门为副。后又以哲学为主，经济理论、英国文学为副科。到哥伦比亚大学后，仍以哲学为主，以政治理论、英国文学为副。我现在六十八岁了，人家问我学什么？我自己也不知道学些什么？我对文学也感兴趣，白话文方面也曾经有过一点小贡献。在北大，我曾做过哲学系主任、外国文学系主任、英国文学系主任，中国文学系也做过四年的系主任，在北大文学院六个学系中，五系全做过主任。现在我自己也不知道学些什么，我刚才讲过现在的青年太倾向于现实了，不凭性之所近，力之所能去选课。譬如一位有作诗天才的人，不进中文系学做诗，而偏要去医学院学外科，那么文学院便失去了一个一流的诗人，而国内却添了一个三四流甚至五流的饭桶外科医生，这是国家的损失，也是你们自己的损失。

在一个头等，第一流的大学，当初日本筹划帝大的时候，真的计划远大，规模宏伟，单就医学院就比当初日本总督府还要大。科学的书籍都是从第一号编起，基础良好。我们接收已有十余年了，总算没有辜负当初的计划。今日台大可说是国内唯一最完善的大学，各位不要有成见，带着近视眼镜来看自己的前途，看自己的将来。听说入学考试时有七十二个志愿可填，这样七十二变，变到最后不知变成了什么，当初所填的志愿，不要当做最后的决定，只当做暂时的方向。要在大学一、二年级的时候，东摸摸西摸摸的瞎摸。不要有短见，十八九岁的青年仍没有能力决定自己的前途、职业。进大学后第一年到处去摸、去看，探险去，不知道的我偏要去学。如在中学时候的数学不好，现在我偏要去学，中学时不感兴趣，也许是老师不好。现在去听听最好的教授的讲课，也许会提起你的兴趣。好的先生会指导你走上一个好的方向，第一二年甚至于第三年还来得及，只要依着自己"性之所近，力之所能"的做去，这是清代大儒章学诚的话。

  现在我再说一个故事，不是我自己的，而是近代科学的开山大师——伽利略（Galileo），他是意大利人，父亲是一个有名的数学家，他的父亲叫他不要学他这一行，学这一行是没饭吃的，要他学医。他奉命而去。当时意大利正是文艺复兴的时候，他到大学以后曾被教授和同学捧誉为"天才的画家"，他也很得意。父亲要他学医，他却发现了美术的天才。他读书的佛劳伦斯地方是一工业区，当地的工业界首领希望在这大学多造就些科学的人才，鼓励学生研究几何，于是在这大学里特为官儿们开设了几何学一科，聘请一位叫 Ricci 氏当教授。有一天，他打从那个地方过，偶然的定脚在听讲，有的官儿们在打瞌睡，而这位年轻的伽利略却非常感兴趣。于是不断地一直继续下去，趣味横生，便改学数学，由于浓厚的兴趣与天才，就决心去东摸摸西摸摸，摸出一条兴趣之路，创造了新的天文学、新的物理学，终于成为一位近代科学的开山大师。

大学生选择学科就是选择职业。我现在六十八岁了，我也不知道所学的是什么？希望各位不要学我这样老不成器的人。勿以七十二志愿中所填的一愿就定了终身，还没有的，就是大学二、三年也还没定。各位在此完备的大学里，目前更有这么多好的教授人才来指导，趁此机会加以利用。社会上需要什么，不要管它，家里的爸爸、妈妈、哥哥、朋友等，要你做律师、做医生，你也不要管他们，不要听他们的话，只要跟着自己的兴趣走。想起当初我哥哥要我学开矿、造铁路，我也没听他的话，自己变来变去变成一个老不成器的人。后来我哥哥也没说什么。只管我自己，别人不要管他。依着"性之所近，力之所能"学下去，其未来对国家的贡献也许比现在盲目所选的或被动选择的学科会大的多，将来前途也是无可限量的。

校园文摘系列丛书征稿

阅读可以使学生增长见识，可以提高学生写作水平；阅读可以陶冶学生性情，使学生变得温文尔雅、富有修养；阅读可以给学生带来无限遐想和乐趣，给学生带来智慧源泉和精神力量；阅读可以磨炼学生意志，让学生的心灵逐渐充实、成熟。

为满足广大读者要求，中央编译出版社将继续开展"校园文摘系列丛书"征稿活动，让我们从"学生阅读"读起，从朴实无华、意蕴丰富的文字中感受阅读的魅力。

一 征文对象及内容

征稿对象为全国大中学生。可以个人投稿，也可以学校、班级或文学社团为单位组织供稿。作品的体裁、内容不作任何限制。篇幅限 1300-2500 字之间。优秀来稿将分别入选面向全国发行的"校园文摘系列丛书"。

二 征文要求

1. 文笔流畅，有真情实感，活泼新颖。
2. 投稿作品必须是本人原创，不得抄袭、套改。如涉及法律问题，由作者本人负责。

三 投稿时间

即日起至 2018 年 12 月 30 日止。

四 投稿须知

1. 投稿限发 word 文档电子稿。每人可投 3~5 篇。优秀作品可根据题材分别入选多本图书相关栏目。
2. 来稿在文末附上以下内容：文章标题、作者姓名、邮寄地址、电子信箱、电话、QQ。
3. 来稿在 90 天内未收到采用通知的作者，稿件自行处理，三个月内请勿一稿多投！
4. 所有来稿均视为作者已同意本作品选编入中央编译出版社相关图书。不同意以上约定的作者请勿来稿。

电子邮箱： cctp8299288@163.com
作者交流 QQ 群： 63601654

著名少年作家万亿新作《我在成都等你》即将与读者见面

万亿，一个16岁的少年，已出版6本小说。这位小作者似乎在继承韩寒、郭敬明等青年作家的衣钵，秉承他们对青春、对人生的一贯写作手法，将自己的感受丰富化而已。

"清晨的阳光落在他脸上，光影从额头沿着眉心迤逦向下，经过秀挺的鼻梁，微微弯起弧度的嘴唇，最后汇集到眼睛里，浓密的长睫不停震颤，为眼睑下覆上阴影，却遮不住他瞳孔里潋滟流转的光。"

一眼看去，谁会料见这出自于一位16岁孩子的手笔呢？固然，其文章的手法带有漫画性，但也正是如此，才使本书特征凸显无疑。就像电影《致青春》一般，没有什么惊世骇俗的人生哲理，就是一股清流，一首简单的青春之歌。

暗恋，执着，迷惘。这些词都被作者熟练的揉捏于青春故事中。发酵成一种芬芳！

《作文36技》学生写作必备图书

《作文36技》是一本非常受学生欢迎的图书。该书共分36个专题，每个专题都分为"名家垂范""名师指点""名题演练""名卷展示"四个板块。乍看只是总结了一些写作的技巧，细究却分明提出了一种语文教学的新思路：从阅读走向写作。

这本书的问世，填补了目前中学作文教材的一项空白！相信青少年朋友们能从这本书中获得启示，去抒写自己芬芳而绚烂的人生！教育界多位专家推荐此书！

定价：38元　全国各地新华书店有售

书　名：《超脱考试做领袖》
作　者：陈济安
定　价：30元

　　郭传杰、冯恩洪、毕诚等著名教育家认为：《超脱考试做领袖》一书非常适合大中学生、教师、家长和有志青年阅读参考，称此书是一部不可多得的励志佳作。
　　该书是一部"教人识道用器，学会学习、少有相似，独创一帜"的原创佳作。

《创新中国教育》教你如何考上国际名校

一位耶鲁毕业生教你如何考上国际名校

讲述发生在北京大学附属中学、深圳中学创新教育的故事

培养学生创能力的成功探索

本书以通俗易懂的语言、严谨的结构，记述了作者在中国教育改革之路的成功和失败，目的在于让中国的家长、老师、学生以及更多关注中国教育的人们明白，在当今的中国为什么改革如此重要，以及它是如何一步一步成为现实的。本书对改变学生学习方法、推进中国教育改革具有非常重要的参考价值。

被誉为"全世界教育之父"的安德里亚斯·施莱歇尔教授（Andreas Schleicher）如此评价《创新中国教育》：

"在中国，给予我最深刻印象的是北京大学附属中学的国际部。相信《创新中国教育》这本书的读者，能通过书中的亲身经历，了解到他们是如何进行实践并达到目标的。在探索未知世界的同时，北京大学附属中学也将世界带入了中国，为中国的下一代，将纯粹复制学科内容的教育改革为培养学生实际生活能力的教育；将为国家服务的教育转变成为全球与当地社区服务的公民教育；将为考试而竞争的教育转向加强学生能力培养的教育；将情景价值观的教育——我将做现实环境允许做的事情——更新为可持续价值观的教育。相信这样的教育将能帮助中国的下一代更好地进行协调适应——带着无限的可持续性，将一个失衡的世界归于平衡与和谐。"

定价：39元　当当网、京东网、卓越及各地新华书店有售